AF362084

Titolo | Nato negli anni Cinquanta
Autore | Gaetano Rizza

Impaginazione, schema grafico della copertina e fotografie di prima e
quarta di copertina: G. Rizza.

Il romanzo è frutto della fantasia e delle suggestioni dell'Autore: riferimenti a persone, avvenimenti, situazioni eventualmente esistenti sono da considerarsi pura
casualità.

Gaetano Rizza

Nato negli anni Cinquanta

Da Genova a Vittoria
Da Vecchioni a De André
Dal monte Ararat a Capo Nord
Tra incubi e realtà

*Al fratello maggiore che non ho avuto
e che avrei voluto avere*

Prefazione

Il romanzo narra la storia della vita del signor Cristiano Nazareni a partire dal 1950, anno nel quale è nato. A volte descritta a brevi tratti pescati alla rinfusa nella vita quotidiana, a volte narrata con grandi approfondimenti, anche drammatici. Il tutto vissuto nell'atmosfera che va dal Secondo Dopoguerra ai giorni nostri.

Si svolge prendendo come punti di riferimento i vari posti in cui il protagonista ha vissuto nel tempo: ogni paese dell'Italia o via di Genova in cui ha abitato diventa un approdo al quale ancorare i ricordi.

Ci sono riferimenti a Roberto Vecchioni, che ha avuto modo di conoscere, a Fabrizio De André, per il quale ha tenuto dei concerti in memoria sua e degli *chansonniers* che lo hanno ispirato. Ci sono anche riferimenti e report di alcuni viaggi in moto che ha fatto, uno al monte Ararat, uno a Capo Nord.

Si affacciano pure veri e propri incubi che si intersecano con la vita reale.

I Capitolo

Infanzia, adolescenza, età adulta

Camogli – Sommariva del Bosco

«Critiaìì!!!».
«Uccrezia…».
«Io mangio…».

Mi chiamo Cristiano Nazareni, nella mia esistenza ormai non breve ho vissuto in moltissimi posti. Sicuramente a Camogli – paese in cui sono nato nel 1950 – Genova, Sori, Vittoria, Santa Margherita Ligure e ne dimentico senz'altro qualcuno.

Di Camogli l'unico ricordo che ho è quello trasmessomi dai miei genitori e dai miei zii che a quell'epoca abitavano lì, vicino a noi. Mi hanno trasmesso così bene quel ricordo che ormai credo di essere io stesso a ricordarlo e che non sia solo un ricordo indotto.

Perciò, credo che non ci sia migliore inizio di un romanzo sulla propria vita che quello di partire dal primo ricordo in assoluto: "Critiaìì!!!", "Uccrezia…", "Io mangio…".

Lucrezia era la mia cuginetta, figlia di un fratello di mio padre, Paolo, e noi eravamo sempre insieme. Cristianino ero io, e ogni volta che i miei zii mi vedono – a parte che mi chiamano ancora Cristianino – la prima cosa che ricordano è di quando portavano la cuginetta a trovarmi e lei già dalla strada cominciava a chiamarmi, urlando: «Critiaììì!!!» e io immancabilmente rispondevo: «Uccrezia…» con un vocione profondo di bambino compreso in se stesso – perlomeno, così mi imitano – per poi finire con: «Io mangio…». Pare che io terminassi sempre quello scambio di saluti con la mia cuginetta così; non stento a crederlo perché, negli anni, sono rimasto un uomo di buon appetito.

Io e la mia cuginetta abbiamo condiviso gran parte della infanzia quando eravamo a Camogli e poi a Genova; poi con l'età e con le diverse compagnie per forza di cose ci siamo allontanati; sempre pronti però a riprendere i rapporti ogni volta che se ne presentava l'occasione. È sempre stato così, anche tra un viaggio e l'altro della mia famiglia tra Genova e Vittoria o tra una lite e l'altra dei fratelli, nostri genitori. Ora Lucrezia è una donna posata di una certa età, un anno in più di me, sposata con un'ottima persona in pensione. Non è raro che, con l'avanzare dell'età, ci si veda ogni tanto per una bella cena in allegria che man mano che il vino va giù si trasforma sovente in ricordi commoventi conditi di lacrime e a volte anche di singhiozzi.

Le nostre mamme, Filippa la mia, Rosella la sua, erano amiche fin da bambine, vicine di casa, a Vittoria; da allora hanno continuato a punzecchiarsi sempre. La zia Rosella, quando pochi anni fa morì mia madre – che pure era più giovane – mi disse commossa che era morta la sua migliore amica di sempre. Pochissimi anni dopo morì anche lei, la zia che si vantava di avermi allattato prima di mia madre – indispettendola – col latte che ancora aveva dal recente allattamento di sua figlia Lucrezia.

Dei nostri padri ho già detto che erano fratelli; ci sentivamo più che cugini, perché lo eravamo anche per parte di madre, a causa della loro fraterna amicizia.

I miei genitori mi parlavano anche di posti che io non ricordo se non in qualche flash. Uno di questi ricordi, per esempio, riguarda un amichetto più grandicello di me della prima infanzia, che so di aver avuto perché mia madre ne ha sempre conservato una fotografia con l'abito della prima comunione, Demetrio; in quel periodo eravamo a Sommariva del Bosco, un paese del Piemonte in provincia di Cuneo, detto anche "Paese di Fiaba".

Ero troppo piccolo per poterlo ricordare, io a quei tempi non ero certo ancora in età da prima comunione.

La città base, però, dove ho vissuto maggiormente e che non ho mai abbandonato, se non per periodi relativamente brevi, è Genova.

Ma non è così semplice come sembra. A Genova ho vissuto in molte, troppe, zone della città. Il vagare su e giù per l'Italia prima, e poi qua e là per Genova, è dovuto agli spostamenti di mio padre quando ero bambino e poi ragazzo, e alle mie vicissitudini personali da adulto.

Via Venezia – Genova

Quando siamo andati ad abitare in via Venezia avevo circa tre anni e mia mamma gestiva una portineria. A modo mio – sempre ligio al dovere fin da allora – pensavo di doverla aiutare. Così capitava spesso che io fossi il più pronto a rispondere alle telefonate di chi chiedeva di chiamargli qualche inquilino. I telefoni non erano ancora entrati in tutte le case; erano quelli degli anni Cinquanta, neri, attaccati alla parete. La società telefonica che li gestiva, se non ricordo male, era la Teti. Non venivano installati certo ad altezza di bambino di tre anni. Ciò non mi fu mai minimamente di ostacolo.

Tutt'ora, a distanza di decine e decine di anni, quando i miei anziani parenti ricordano quel periodo della vita, si emozionano al pensiero dell'intraprendenza di un bimbo che avvicinava la sedia al muro per salirci sopra e per rispondere al telefono con la sua vocina: «Pronto?».

Già da quei tempi, come oggi, pensavo di essere un ospite su questa terra e in qualche modo non dovevo far pesare la mia presenza, come quando si va in casa d'altri. Ho sempre continuato a pensarla così anche quando, in certi periodi, mi sono addirittura sentito di troppo e ho cercato ancor di più di fare in modo che la mia presenza nel mondo fosse una presenza discreta, comunque non ingombrante.

Il mio gioco preferito, allora, consisteva nell'abbattere una sedia mettendola con la spalliera sul pavimento e io a cavalcioni a dondolarmici sopra con, immagino, un grande fracasso (ero pur sempre un bimbo) che fortunatamente non disturbava nessun altro oltre che i miei genitori, visto che eravamo al piano terra e sotto di noi non c'era niente.

Altro gioco preferito era smontare i giocattoli che mi regalavano per vedere come erano fatti dentro e i miei genitori mi dicevano che da grande avrei fatto senz'altro il meccanico; quante macchinine con la carica a molla ho aperto! Avevo sempre voglia di cantare, mentre giocavo, e lo facevo nel nostro giardino, dopo pranzo, mentre in genere la gente schiaccia il pisolino.

Cantavo specialmente le canzoni che andavano di moda a quei tempi; ricordo in particolare *Guaglione* e *Scapricciatiello*, cantate da Aurelio Fierro, anche se erano in dialetto napoletano. Chissà, magari qualcuno s'infastidiva, ma non lo disse mai, molti inquilini invece si affacciavano dalle finestre per ascoltarmi.

Forse ero un po' la mascotte di quel caseggiato, anzi, lo ero, e nella via mi chiamavano "Marcellino pane e vino" a causa della mia somiglianza con Pablito Calvo[1]. Una signora che mi si era tanto affezionata mi volle portare al circo Togni e mi fece fare una fotografia accanto a lei e a un leoncino. Ce l'ho ancora quella foto – ne sono tornato in possesso alla morte di mia madre – col leoncino che spalanca la bocca a fianco a me che, pur standogli vicino, allontano il mio viso da lui; e lei, la bella signora, che sorride a fianco a noi.

---

[1] Pablito Calvo era il bambino che interpretò il ruolo del protagonista nel film *Marcellino pane e vino*.

Un'altra volta la stessa bella signora mi portò al ristorante e mangiai una cotoletta che ricordo buonissima. Qualcuno mi portò anche per la prima volta allo stadio a vedere una partita di calcio, era la stracittadina Genoa-Sampdoria.

Mi volevano bene, e io ero affezionato a loro e soprattutto alla signora Cecchi, madre di una bella bambina della mia stessa età, Anna, con la quale "mi ero fidanzato". Come prova di questo fidanzamento c'è una foto, che ancora posseggo, ingiallita dai vari decenni, nella quale siamo io e lei seduti su una panchina della piazza adiacente via Venezia. Io, con indosso uno spesso maglioncino di lana bianca fatto a mano con ferri grossi, con una cerniera da un lato del collo alto, guardo fisso la macchina fotografica scostando la testa da lei per non starle troppo vicino. Immagino i nostri genitori quando ci hanno immortalato in quella fotografia e tutti i loro buoni sentimenti nei nostri confronti. La notte, in sogno, chiamavo: «Signora Cecchi! Signora Cecchi!». Era la mamma della mia fidanzata, le volevo bene.

I miei genitori avevano degli amici lì in via Venezia, tra i quali i proprietari di un negozio di generi alimentari, nel quale andavamo a fare la spesa, probabilmente pagando poi. Con loro si era creato un buon rapporto. Di lui, Gianni, ricordo come si divertiva con mio padre e come, quando si andava a casa sua, spesso lo si trovasse intento ad ascoltare il giornale radio; anche alterandosi per la politica. Di lei, la moglie, Carla, ricordo la bellezza e la simpatia contadina; venivano da un paese della Lombardia. La sua bellezza non passava inosservata neppure a mio padre che, più o meno una quarantina d'anni dopo, quando Gianni morì, lui, stufo una volta in più della propria moglie, andò a cercarla sperando di poterci vivere insieme. Ma anche quella volta dovette tornare a casa da mia madre.

Quel cliché della moglie dell'amico si ripeté altre volte, con altre mogli di altri amici, anche in Sicilia, dove andammo per qualche periodo negli anni successivi e dove, per quel tipo di cose, si rischiava grosso.

Spesso andavo a fare la spesa io da solo, seppur così piccolo. Una volta andai a farla con un triciclo che mi avevano regalato, era tutto di legno blu, comprese le ruote. Al ritorno si spezzò in due la ruota anteriore e io caddi rovinosamente a terra centrando una cacca di cane. Mi misi a piangere sconsolato sul marciapiede fino a quando non accorse mia madre che mi dovette portare a casa per lavarmi per bene. Un'altra volta mia mamma dovette accorrere in una situazione simile – sempre di cacca si trattava – ma in quel caso me l'ero fatta addosso io a scuola quando la maestra, un giorno, alla mia richiesta di andare alla toilette, rispose di no.

Di quel periodo ho una fotografia che mi ritrae nell'atrio del caseggiato con un cappottino pesante, lungo, di una o due taglie in più della mia, probabilmente era stato riciclato come spesso accadeva a quei tempi. Erano gli anni Cinquanta.

Un giorno era il compleanno di mia madre e le chiesi i soldi per poterle fare un regalo, non sapevo ancora che i regali si fanno coi soldi propri. Volevo regalarle un paio di calze di nylon; lei prima mi spiegò che, appunto, i regali si fanno coi soldi propri, e io che non ne avevo ci rimasi male e mi misi a piangere, poi mi diede i soldi, che da quel momento furono miei, e io andai davvero nel negozio a comprare le calze coi soldi miei, gliele regalai tutto soddisfatto e anche lei ne fu visibilmente soddisfatta e lo raccontò a tutti.

Ogni tanto veniva a giocare con me, sulla via, un altro bambino che si chiamava Gianni. Era un ragazzino un po' più grande di me. Una volta mi disse di andare con lui e andammo in una collinetta lì da quelle parti.

Era un po' pericoloso per bambini della nostra età camminare su quella collinetta, ma a lui piaceva essere spericolato. Mia madre che non mi aveva più visto e non sapeva dove fossi, quando tornammo si arrabbiò molto. Ma non era cattivo, era solo un ragazzaccio, dal punto di vista degli adulti.

Lì, in via Venezia, venne a trovarci il padre di mia mamma che era un uomo che in Sicilia andava al lavoro nei campi col carretto.

Quando poi andai io in Sicilia, aspettavo che tornasse dai campi col carretto e lui, appena finito di sganciare il cavallo Giulio, mi ci faceva salire sopra e facevamo il giro della casa per portarlo nella stalla.

Non era mai stato a Genova. Una volta che eravamo noi due soli in casa, mi disse che voleva andare a trovare il padre di mio papà, l'altro nonno, del quale porto lo stesso nome: Cristiano. Io dissi che ce lo avrei portato. Lui si fidò senza pensarci su e io ce lo portai davvero facendo a piedi la strada che avevo sempre fatto in Lambretta coi miei genitori, da via Venezia a via Caffaro. Non era vicino, ma ci arrivammo; il vecchio e il bambino, mano nella mano, facendo una gradita sorpresa al papà di mio papà.

Meraviglia dei parenti che mai potevano aspettarsi che un bambino così piccolo e un vecchietto, per me, allora, come il mio nonno, potessero mai attraversare una parte della città senza avvisare nessuno e soprattutto riuscendoci senza perdersi.

Sori

Di tutti i posti in cui ho vissuto ho naturalmente dei ricordi, belli e meno belli, come tutti. Qualcuno non l'ho mai condiviso con nessuno. Uno in particolare non l'ho mai raccontato o, forse, l'ho appena accennato non moltissimi anni fa a mia moglie, ma senza particolare enfasi, che d'altra parte non meritava.

I numerosi spostamenti per il Paese non mi permettono di ricordare un'età precisa in un luogo preciso, infatti, per esempio, ho frequentato mezza prima elementare in una scuola vicino a via Venezia, a Genova, con la maestra Rita Cascia, era anziana e mi voleva molto bene e l'altra metà a Sori con una maestra sarda, Carta Oliva; mezza seconda elementare in via Montaldo a Genova con la maestra Angelina Borsadoli, che abitava a Righi, una zona di Genova alta e l'altra metà a Vittoria in Sicilia col maestro Salvatore Garofalo, e così via. Non potrei giurare neppure che l'ordine in cui ricordo gli spostamenti sia quello giusto.

Non so quindi precisamente che età potessi avere – probabilmente intorno ai sei anni perché ero a Sori e ho appena detto che a Sori c'ero nella seconda parte della prima elementare (anche se nei miei ricordi ho di quel momento l'immagine di me più piccolo e quindi forse mi sfugge qualche passaggio) –

stavo in quel paese perché mio padre aveva preso un bar in gestione lì e mia madre lo aiutava.

In quel periodo ogni pomeriggio lo passavo a giocare davanti al nostro bar sulla via centrale del paese che, costeggiando il fiume, porta verso il mare il quale era proprio lì a due passi. A volte attraversavo anche il ponticello del fiume per raggiungere la riva opposta, non del mare, del fiume.

È in quello spazio che ho imparato ad andare in bicicletta a due ruote; ricordo anche la situazione che mi ero inventato per dare un senso al mio andirivieni: mimavo i gesti che può fare un marito in Lambretta (mio padre aveva uno scooter così) nell'andare a prendere e/o lasciare la moglie in qualche posto.

I miei erano indaffarati col bar. Mia madre con una cappa nera era a fare i caffè e a servire ai tavolini, mio padre di tanto in tanto trovava il tempo per intrattenersi con clienti abituali giocando, a boccette o a stecca, a uno dei biliardi. Quando non giocava a biliardo si trovava sempre qualche mansione da svolgere all'esterno dell'attività. Anche nelle attività che ebbe in seguito fu spesso così.

Si fidavano di me e non mi controllavano tantissimo.

Ricordo anche che in paese un giorno arrivò un piccolo circo la cui principale attrazione, per quello che mi riguardava, era il pagliaccio Fiacca. Stazionò proprio lì, dall'altra parte del fiume; io in quel periodo ero sempre nei pressi. Non ricordo se andammo mai a vedere lo spettacolo coi miei genitori, ma credo di sì. Quello che ricordo bene è il vecchietto con la barba, in arte Fiacca. Naturalmente il "vecchietto" è relativo all'età che avevo io allora. Me lo ricordo come un ometto sui sessant'anni, ma pensandolo adesso dall'alto della mia attuale età, raffrontando il tutto all'età che avevo allora, non mi meraviglierei se invece ne avesse avuti solo una quarantina, se non anche meno.

Come tutti gli artisti da circo, Fiacca, viveva lì, col circo, e durante il giorno svolgeva le sue faccende. Io andavo spesso a trovarlo con la mia bicicletta e mi fermavo a parlare con lui.

Una volta a proposito della sua barba lunga gli chiesi come avrebbe mai potuto tagliarsela, se lo avesse voluto, pensando che il rasoio a mano, che vedevo usare a mio padre ogni mattina, non poteva essere sufficiente per tagliare una barba così.

«Gli do fuoco», mi rispose sorridendo. Forse ci credetti.

Ma l'episodio di quel periodo che non ho mai raccontato, per non essere giudicato un visionario vittimista o un millantatore di storie incredibili, per quanto modeste, a parte quel piccolo accenno fatto a mia moglie, *en passant*, è il seguente.

Era uno dei soliti pomeriggi in cui giocavo nei giardini davanti al bar o poco più in là. Due bambini più o meno della mia età si misero a giocare con me e poi ci avviammo verso il campanile di una chiesa diroccata, poco più in là, in direzione della spiaggia. Entrammo, c'era del filo spinato per terra, ne raccolsero un pezzo e lo composero a cerchio, mi fecero sedere e me lo posero in testa. Non si curarono dei pensieri che potevano passare per la testa di un bambino di sei anni che stava sperimentando la stupidità e la cattiveria umana e la stava vivendo come una cosa immanente, quasi normale e propria della vita.

Mi dissero che sarei dovuto entrare nel bar dei miei genitori, prendere delle caramelle e portarle a loro. Tolsero il filo spinato, mi seguirono fino al bar e aspettarono che io uscissi con le caramelle.

Per me non avevo mai preso le caramelle, come feci per loro.

Ogni tanto, ancora, mi chiedo se quel loro atto sia stato un fatto occasionale, perpetrato nei confronti di un bambino ingenuo, esile e sicuramente arrendevole o sia stato, invece, l'inizio di una vera e propria carriera criminale, così naturale per loro.

Qualche altra esperienza con brutta gente, nel tempo, mi è capitata, anche se da adulto non ero più ingenuo, né esile, né sicuramente arrendevole. Anche loro non erano più bambini.

Via Vecchia – Genova

Un giorno, in età matura, avevo più di quarant'anni, andai a fare visita a un mio ex collega di lavoro che aveva un'agenzia di assicurazioni. Quel giorno aveva in agenzia un ispettore della compagnia e me lo volle presentare. Questo, l'ispettore, appena mi vide, senza pensare un attimo mi disse, dandomi del tu: «Ma tu hai fatto le elementari alla scuola G. B. da Passano?». Io lo guardai senza capire e risposi di no. Lui sorridendo mi disse che invece ero andato in quella scuola lì e che avevo abitato in via Vecchia e lui veniva spesso a giocare con me a casa mia. Dovetti fare uno sforzo di memoria per ricordarmi che in effetti avevo abitato in via Vecchia e che avevo frequentato la scuola del posto, che era in via Montaldo ed evidentemente era la scuola G. B. da Passano. Dopo mi ricordai anche che eravamo stati compagni di banco e di un episodio che era successo.

Io, mentre il maestro Costa era girato verso la lavagna (penso fossimo in terza elementare o qualcosa del genere, tra un trasferimento e l'altro), dissi una spiritosaggine, il maestro si girò e pensando che fosse stato il mio compagno di banco lo fece mettere in ginocchio e a nulla valse che lui si difese dicendo che non aveva fatto niente. A quel punto non potei fare a meno di addossarmi la responsabilità dell'innocua bravata e il maestro Costa, per tutta risposta, fece mettere in ginocchio anche me e non fece rialzare il mio amico.

Collegai quindi questo episodio al fatto che gli era rimasto un ricordo così nitido di me, nonostante le decine d'anni passati e tanta barba e tante rughe in più sul viso.

Quindi, certo, abitai anche in via Vecchia. Come no.

A quei tempi mio padre era passato dalla Lambretta a una moto B.S.A. col sidecar (era un appassionato di moto, ricordo che ebbe anche una Sertum) con la quale facevamo delle belle gite coi suoi fratelli e le rispettive famiglie.

Ogni sera mi mandava a comprare le sigarette marca Aurora, senza filtro, e io le odoravo per tutta la strada perché mi piaceva tanto il profumo di quel tabacco; mi domandavo però come mai, stando fuori tutto il giorno, non pensava a comprarsele lui le sigarette, anche perché per andare a comprarle dovevo percorrere una stradina non molto illuminata e ogni volta mi dovevo fare coraggio.

Avevo tanti amici con i quali ci eravamo organizzati in una banda, come i ragazzi dei quartieri popolari facevamo a quei tempi.

Ogni tanto scendevano giù quelli della banda di un altro quartiere ed era la guerra, di sassi. Per non essere colti di sorpresa organizzavamo anche dei turni di guardia e mandavamo in esplorazione, tra le linee nemiche, dei ragazzi dei nostri che poi tornavano a fare il resoconto raccontandoci di non essersi fatti riconoscere perché magari, furbescamente (come si può esserlo a quell'età), si erano finti zoppi, o cose del genere.

Vi immaginate un bambino di sette/otto anni che racconta di essere riuscito a camuffarsi da vecchietto zoppo?

Vittoria

Vittoria è il paese di nascita di mia madre dal quale si allontanò già dal viaggio di nozze per stabilirsi a Genova con mio padre che – pur essendo di origine siciliana anche lui – era nato a Genova perché la sua famiglia era in questa città dai primi del Novecento. Mio padre raccontava di essersi sposato con la cartolina rosa[2] in tasca all'insaputa della sposa.

Infatti poco dopo partì per il militare lasciando la sposina in casa dei suoi genitori, in balia della suocera, come raccontò poi per tutta la vita mia madre. Un viaggio di nozze degli anni Cinquanta e da anni Cinquanta, anzi, era addirittura il 1949 quando si sposarono, poi io nacqui nel 1950. Troppo poco tempo era passato dalla guerra.

Ma ci tornammo ancora per dei periodi in quella cittadina, che ricordo come in una vita parallela, così diversa da quella che vivevo normalmente a Genova.

Altri amici, altra scuola, altri insegnanti, altri parenti. E poi le prime ragazze, i primi amori, le prime esperienze sessuali.

Le prime sigarette fumate insieme agli amici passeggiando per la via principale del paese, Nazionali semplici, pestifere, acquistate sfuse a due, tre, cinque per volta, avvolte in una schedina.

---

[2] La cartolina rosa è la lettera con cui i giovani venivano chiamati alle armi. Rosa perché era il colore di tale foglio.

I primi film al cinema visti da solo, compreso *Per un pugno di dollari*. Era il 1964, me lo ricordo. Il grande Clint Eastwood che iniziai ad apprezzare allora e non smisi più. Le prime canzoni dei Beatles.

Mio padre sapeva che ero capace a guidare la macchina – una vecchia Simca Aronde Elysée – anche se solo con la prima e la seconda marcia perché non mi arrischiavo a mettere la terza, e spesso mi diceva di portarla a casa perché lui doveva andare per delle sue commissioni che lo avrebbero condotto, nel tragitto a piedi, a casa. In quegli anni in quel paese lo potevo fare abbastanza tranquillamente, in quanto non ricordo di aver mai visto un vigile, se non nella piazza principale, in occasione di qualche festa patronale.

Fu parlando di questi miei tragitti con l'auto che una volta un mio compagno di scuola, Grosso, dicendomi che il giorno prima mi aveva visto in auto, mi disse poi che una sua giovane cugina organizzava un pomeriggio con musica per ballare a casa sua e mi invitava ad andarci con lui. Ma i pomeriggi con musica a Vittoria, a quei tempi, non erano come quelli di Genova dove si ballava e volendo si limonava pure, per i più audaci. I pomeriggi da ballo a Vittoria erano organizzati dai genitori delle ragazze per fare in modo che qualcuno chiedesse la mano della loro figlia.

Almeno nelle famiglie popolari si usava così. Tra la gente più su, che abitava negli alti borghi, i ragazzi e le ragazze facevano già i cavoli che volevano.

Accettai l'invito del mio amico pensando che al massimo se mi fossi annoiato avrei sempre potuto scherzare con lui.

Arrivò il giorno del ballo e andai con la mia bicicletta. Trovai quello che mi aspettavo di trovare: dischi a 45 giri (o forse 78?) ad alto volume, sedie alle pareti, tante signore vestite di nero, qualche coppia di donne che ballava, i genitori della ragazza seduti e lei seduta tra loro che aspettava che qualcuno la invitasse a ballare. Era una bella ragazza di circa diciassette/diciotto anni, capelli castano chiaro lunghi; appariva morbida. Capii che non potevo esimermi dall'invitarla a ballare visto che l'unico uomo, seppur ragazzo, all'infuori di suo cugino, ero io. Naturalmente fui più che composto ed educato. Gli occhi dei genitori, dei parenti e delle vicine vigilavano. Ma giuro che fu un supplizio avere per un paio di volte tra le braccia quella ragazza morbida che mi guardava sorridente e dovere stare diritto come un fuso, senza potermi permettere il minimo sbandamento. Quante cose le avrei fatto.

Passarono una quindicina di giorni e il mio amico, il cugino della ragazza, mi riformulò lo stesso invito di quindici giorni prima: «Mi ha detto mia cugina che il tale giorno fa un'altra festa e se vuoi venire».

E io: «Ma davvero è lei che m'invita o è una tua iniziativa?».

«No! No! È stata lei». Era così, infatti io e lui non avevamo una confidenza tale per cui potesse sognarsi di invitarmi in casa di suoi parenti a una festa della cugina in cerca di marito.

La voglia di riprendere tra le braccia quella morbida ragazza, per me, a quell'età, era davvero tanta, ma risposi, con un senso di responsabilità che mi meraviglia tuttora: «Tua cugina si deve sposare, io c'entro poco in quelle feste e mi dispiace approfittare della sua gentilezza nei miei confronti». Mentre dicevo quelle parole pensai che stava svanendo in quell'istante per me la possibilità, neppure tanto remota, di tuffare tutti i miei ormoni, un domani, nel trionfo di quel corpo morbido e invitante in una regolare camera matrimoniale. Anche perché una regolare camera matrimoniale era l'ultima cosa a cui a quell'età potessi pensare, seppur accompagnata da una dote di qualche terreno coltivato a pomodoro e un corredo completo, orlato in pizzo sangallo.

Capii che forse mi giudicavano un buon partito e che comunque alla ragazza piacevo, tanto da pensare che potessi chiedere la sua mano ai genitori.

Questo era nel terzo periodo in cui eravamo a Vittoria. Dei primi due ricordo molto poco, soprattutto del primo perché ero davvero troppo piccolo. Anche se questa me la ricordo: mia madre mi aveva portato con sé a far visita a una sua amica.

Questa signora stava cercando di far mangiare il figlio che non aveva nessuna voglia di mangiare quel piatto di minestra con le patate. Fatto sta che, dai e dai, quel piatto di minestra lì davanti fece venire fame a me che, con aria noncurante, proposi alla signora: «Non si preoccupi se non la mangia lui, semmai la mangio io…».

E lei: «Sìììì! *Figghiuuu*… allora metto un piatto anche per te».

Mai mangiato un piatto di minestra più buono. Evito di descrivervi la faccia e il colore del viso di mia mamma per l'occasione.

Del secondo periodo ciò che ricordo sono alcuni miei cari amici come ad esempio:

-       Pino, col quale passavamo tanto tempo insieme e qualche volta con le famiglie (io con la mia e lui con sua mamma e la sua sorellina Rosita, perché aveva i genitori separati e anzi, il padre poi morì) andavamo a fare delle gite e anche in campagna da loro a fare la mietitura o la vendemmia. Bellissimi giorni in cui mangiavo frutta appena colta dagli alberi e ci divertivamo davvero, all'aria aperta tutto il giorno.

-       Pippo, che abitava di fronte alla casa dei miei nonni e che ritrovai circa venticinque anni dopo (amico come allora mi venne a cercare avendo saputo che ero a Vittoria) la volta in cui portai mia madre a trovare fratelli e sorelle sempre rimasti lì, e suo padre, il nonnino che era venuto tantissimi anni prima a Genova. Sua mamma, la nonna, Donna Sara, non c'era più da anni.

- Giovanni, amico mio e di Pippo, che essendo anche compagni di banco a scuola lo facevo ammazzare di risate mimando di farmi la barba con la lama di un rasoio inesistente mentre il maestro era girato verso la lavagna.

E alcuni ricordi:
- Che mi consideravano tra i più bravi della classe solo perché parlavo italiano e non in dialetto siciliano come gli altri.
- Che i maestri quando parlavano di qualcosa che riguardava le automobili o i punti cardinali, facevano riferimento a me perché ero l'unico che aveva il papà con la macchina e che aveva fatto un viaggio in auto da Genova a Vittoria.

Nel tempo, poi – nei miei ritorni in quel paese – a scuola, mi ero giocato tutto il vantaggio della lingua italiana; non faceva più impressione a nessuno. Mio padre non era più l'unico ad avere un'automobile, insomma, gente come mio nonno quando ero piccolo, col carretto, non ce n'era più. Anzi, molti miei compagni si erano fatti la puzza sotto il naso e si vantavano di essere più bravi di me. Un certo Moro, figlio di un dottore, credo medico, un giorno sfogò la frustrazione che aveva accumulato nei miei confronti e con aria di sfida mi disse: «Allora? Chi era il più bravo?».
Io non glielo dissi, ma riconobbi che era lui, senza dubbio. Da allora quando m'incontrava per strada non mi salutava più, avviato verso gli studi superiori.
Ma la faccenda del "più bravo" non era certo uscita da me, ai tempi.

Avevo la naturale predisposizione a fare amicizia con la gente, cosa che mi è rimasta negli anni. Divenni amico di un giovane socio di mio padre che m'insegnò a portare la Vespa.

Aiutai, con fare risoluto e aria sicura, un altro socio di mio padre a risolvere una questione da adulti (perché mio padre era dovuto venire a Genova) andando con lui, meglio, facendomi accompagnare da lui col suo furgone a prendere dei macchinari da una società che mio padre aveva ceduto e che i nuovi gestori si rifiutavano di consegnare, pur dovendo. Rimasi da solo nel paese, ospitato da dei parenti, a sbrigare la chiusura dell'attività di mio padre e a imballare i macchinari da mandare a Genova completandone infine la spedizione. Feci il giro per salutare e ringraziare i collaboratori di mio padre, le ragazze che avevano lavorato con noi e con le quali avevo instaurato dei bei rapporti. Ognuno mi regalò qualcosa, almeno un pacchetto di sigarette. Una ragazza l'avevo lasciata per ultima nel giro di saluti, Gianna, aveva diciassette anni, mi aspettò da sola in casa.

Si tolse la collanina d'oro dal collo e me la diede, per ricordo.

Con un'altra ragazza, in precedenza, avevo instaurato un timido rapporto sentimentale platonico; aveva diciassette anni anche lei, era bellissima, capelli lunghi biondi, volutamente arruffati; le altre ragazze, invidiose della sua bellezza appariscente e pur naturale, l'avevano soprannominata *"a crapa rugnusa"* per via, appunto, dei suoi lunghi capelli biondi e arruffati. In realtà era una ragazza dolce, aveva solo un difetto: era in età da marito. Si chiamava Dina. Un giorno che stavamo lavorando vicini le avevo fatto una battuta che avrebbe dovuto manifestare i miei sentimenti nei suoi confronti nel caso improbabile non le fossero già chiari, si mise a ridere, le chiesi se la cosa la facesse davvero ridere, rispose: «*Amara quannu a pigghiu a ririri*»[3].

---

[3] Tradotto significherebbe: "È amara quando la prendo a ridere".

Chissà care amiche mie di quel tempo lontano, di quella giovinezza così gonfia di sentimenti, quale è stato, poi, il vostro futuro dettato dalle convenzioni di quell'epoca e di quel paese.

Vi abbraccio con amore, una per una, forte.

Presi il treno e partii. Avevo circa quindici anni.

Nel treno, con tutte le sigarette che mi avevano regalato, Marlboro, Astor, Peter Stuyvesant, Muratti Ambassador, etc., cominciai a fumare come un turco e non smisi mai più. Sul treno c'era molta gente, anche qualcuno con brutte facce, e io ero comunque solo un ragazzo, e un ragazzo da solo in un treno, in un lungo viaggio da Vittoria a Genova, può suscitare cattivi pensieri in gente senza soldi in tasca che va "nell'alta Italia" per sbarcare il lunario. Da allora ho imparato a tenere sempre attaccato alle mie chiappe, in modo tangibile, nella tasca posteriore dei calzoni, il portafogli. In quell'occasione in certi momenti misi anche una mano nella tasca della giacca aprendo il pollice e l'indice per fare in modo che a eventuali malintenzionati potesse sorgere il dubbio che avessi una pistola. Non si sa mai.

Via Caffaro – Genova

Al rientro dalla Sicilia, eravamo andati ad abitare nella vecchia casa che fu per molti anni dei nonni, in via Caffaro, che era anche la base, il mio punto di riferimento nel girovagare di mio padre, l'unico punto fisso. Mio nonno, quello di cui porto il nome, benvoluto da tutti, era morto d'infarto nella via, aggrappato al cancello appena prima della porta di casa, lo stesso anno in cui morirono Papa Giovanni e Kennedy; mia nonna, la carabiniera, quella che si rollava il tabacco nelle cartine, si era trasferita in una casa in campagna. Dopo anni, come naturale, morì anche lei.

Di questa via porto con me il ricordo delle amicizie più belle, quelle che non ho mai più dimenticato. Quelle della mia gioventù. Anche quando lasciai la vecchia casa dei nonni e andai ad abitare per tanti anni in un'altra casa in scalinata Lercari (sempre in zona) fino a quando non mi sposai la prima volta. Gli amici più cari furono sempre quelli.

Con qualcuno ho ripreso i contatti dopo il divorzio dalla prima moglie, con qualcun altro siamo rimasti sempre amici; altri che ho rincontrato, piuttosto di far finta di non riconoscerli (passati trenta/quarant'anni è la cosa più normale) li ho invece fermati per riprendere i rapporti.

Erano anche gli anni in cui diedi sfogo alla mia passione per il canto partecipando al festival organizzato dalla nostra parrocchia, il Maddalen Festival, vincendolo per tutte e tre le edizioni a cui partecipai: 1968, 1969, 1970; conservo ancora gelosamente le tre coppe, ormai *scarcagnate* dalle cadute che nei decenni hanno subito. Una volta fui anche contestato da sostenitori di altri cantanti perché vincevo sempre io, tanto che i miei amici di via Caffaro all'annuncio finale della mia vittoria mi prelevarono di peso dal palcoscenico e, non so come, mi ritrovai dentro una macchina dei carabinieri ad accompagnare a casa la mia ragazza con la loro presenza protettiva.

A modo mio, nel mio quartiere, in via Caffaro, ero un divo… *capisciammè*… C'è gente che come me aveva partecipato a quei concorsi e che fino a pochi anni fa ho visto di tanto in tanto continuare a barcamenarsi per cercare di conquistare un posto al sole nel sottobosco della musica genovese.

A me aspettavano altre cose, come a molti altri. Militare, lavori, fidanzamenti ufficiali, matrimoni malriusciti e relativa prole altrettanto caparbiamente malriuscita, sacrifici ed egoismi.

Solo dopo una trentina d'anni da allora, il 10 marzo 2000, quando ormai abitavo in un'altra zona di Genova, a ridosso della città vecchia[4], la zona della città che era stata cantata dal grande cantautore e poeta genovese Fabrizio De André, e in occasione della sua prematura scomparsa, in qualità di componente della commissione cultura di quel municipio, rispolverai la mia voce per organizzare ed eseguire, con quel successo dovuto almeno al nostro poeta, qualche concerto di canzoni sue e di *chansonniers* francesi in un contesto assolutamente culturale[5].

---

[4] *La città vecchia*, titolo di una canzone di Fabrizio De André.
[5] Si veda, più avanti, *Il mio rapporto con la musica*.

Santa Margherita Ligure

Da via Caffaro a Santa Margherita Ligure sono tanti anni, il salto è davvero molto lungo, lo riconosco ma, come dicevo: militare, lavori, fidanzamenti ufficiali, matrimoni malriusciti e relativa prole altrettanto caparbiamente e volutamente malriuscita a causa dello scopo inconfessato, ma soprattutto inconfessabile di doversi – per leggerezza di valori, per comodità di posizione e per sordità agli affetti primari – costruire una vita libera da impegni importanti e vincoli sacri, arrivando perciò alla blasfemia, mi suggeriscono di saltarli a piè pari, anche se più in là non potrò fare a meno di parlare di qualcuno dei fatti di quell'epoca.

Insomma una vita da borghese come mi aveva imposto la società, con tutto quello che lo status comporta, che mi ha preso a calci nei denti.

Il periodo, di circa dieci anni, è stato una quarantena; quaranta giorni nel deserto, nei quali mi è stato fatto vivere *il male di vivere* fino in fondo; poi sono stato convalescente, ho ricominciato a camminare da solo e piano piano ho provato a vivere tutta la vita che mi era stata tolta. Con passi incerti, all'inizio, poi sempre più sicuri, nella consapevolezza che ognuno deve vivere per sé e per coloro che ti meritano.

A Santa Margherita, dunque, ero arrivato a fine 1981 per un'attività in proprio e diventò il luogo nel quale vissi la fase acuta del male. Passai dall'abitare in appartamenti, come avevo sempre fatto fino ad allora, ad abitare in camere in affitto in case di ex ballerine di night accasatesi a fine carriera a pensionati impotenti; fui ospite in una villa disabitata che mi mise a disposizione Amedeo – che era diventato uno dei miei amici carissimi, insieme a Sandro e Luciano – in cima a Montallegro[6].

Lì una sera, nel tornare a casa, accendendo un cerino dietro l'altro per farmi un po' di luce nel viottolo d'erba buissimo che conduceva all'entrata, alzai gli occhi e vidi gli Ufo, in un cielo stellato come può esserlo solo a Montallegro; era il 30 giugno del 1983. Quando l'indomani mattina scesi da Montallegro per tornare a Santa Margherita vidi nelle edicole dei giornali i titoloni che mi rassicurarono che non ero il solo ad averli visti.

La sera successiva al mio avvistamento, tornando in villa, nella stessa situazione della sera precedente, provai ad alzare ancora gli occhi, non fosse altro che per guardare quel meraviglioso cielo stellato, e li rividi ancora.

Forse in un'altra occasione, chissà, vidi anche la Madonna.

Ma quando sei nella fase acuta del male, ok, vivi la sofferenza, certo, ti lecchi le ferite. Ma sei anche consapevole che di quel male non si muore quasi mai, ma si può addirittura guarire, cominci a cercare qualche barlume nella nebbia.

Diventai conduttore di un programma musicale nella radio principale della località. Ero molto seguito, in particolare da

---

[6] Montallegro è una località presso le alture di Rapallo (Ge), vicino a Santa Margherita Ligure.

casalinghe felicemente sposate. Anch'io seguii molto loro, da una posizione decisamente diversa: infelicemente separato e poi divorziato e con un forte senso di rivalsa nei confronti delle donne. Quell'ora giornaliera del tempo libero che passavo alla radio a proporre musica che piaceva a me, e commentare i brani, mi aveva dato un po' di popolarità nella cittadina della riviera e nei dintorni.

Non era raro che uscito dal Castello (sede della radio), fermandomi a mangiare un panino e bere il caffè, qualcuno facendo finta di niente, mettesse nel jukebox la canzone che adoperavo come sigla del mio programma musicale: *Autostrada*, di Dario Baldan Bembo. Ogni tanto qualche ascoltatrice mi attendeva all'uscita, altre volte andavo io ad attenderle a qualche appuntamento. Insomma, mi leccavo le ferite.

Una di loro, anch'ella felicemente sposata, mi disse: «Sai, mi sono innamorata di un uomo, ma non so come dirglielo».

Ero un divo, seppur di provincia, e risposi: «Non saprei come consigliarti, in genere io m'innamoro delle donne».

Rivarolo – Genova

Dopo la parentesi di Santa Margherita Ligure tornai nel capoluogo, Genova, ancora in camere in affitto, dopo essere stato ospitato per un breve periodo dai miei genitori ad Asti.

Ed ecco allora, come padrona di casa, una vecchia signora ebrea di Quinto[7] che mi raccontava, povera donna, di entità misteriose che la perseguitavano e, tra il detto e il non detto, mi lasciava capire che potesse trattarsi di qualche strascico del periodo della guerra. Un giorno mi disse che pensava mi avessero mandato "loro"; una notte mi svegliai con la fronte madida di sudore convinto che lei fosse nella mia stanza, sotto il mio lettino, al buio, pronta a colpirmi con un coltellaccio. Ogni mattina quando ero pronto per andare a lavorare, prima di accompagnarmi alla porta per salutarmi con un bacino sulla barba, mi obbligava a bere una tazzina di caffè letteralmente schifoso che avevo provato a rifiutare qualche volta per poi arrendermi. La stessa signora che era passata a darmi del "tu" e mi chiedeva perché non facessi altrettanto con lei, tanto che un giorno fui costretto a rispondere, stando attento a non urtare

---

[7] Quinto è un quartiere di Genova.

più di tanto la sua sensibilità: «Signora, il tu implica una confidenza che tra me e lei non può esserci».

Poi altra camera presso un'altra signora anziana, vedova, a Rivarolo[8], bravissima donna che mi aveva concesso l'uso della cucina, ma in sovrappiù a mezzogiorno mi preparava la pastasciutta col sugo di acciughe, che a me non piaceva proprio per niente, e mi diceva che mi lavava la biancheria; ma non so perché ogni volta che tiravo fuori una maglietta bianca da mettere sotto la camicia l'impressione era che fosse sporca tale e quale a quando l'avevo tolta per farla lavare, forse un po' di più. Stessa slabbratura dal collo e neanche un po' di profumo di bucato. La caratteristica principale di quella brava signora era che i bottiglioni di vino che compravo per bere durante i pasti e che lasciavo sul tavolo della cucina, li trovavo sempre dimezzati. Il dubbio era che bevesse dalla bottiglia.

Una sera rientrai a casa per dormire e c'era il ferro alla porta. Dovetti suonare il campanello nonostante l'ora tarda.

Non rispondeva. Suonai a un vicino col quale si conoscevano e provammo a bussare ancora, ma niente. Cominciammo a preoccuparci. Qualcuno si lamentò del fracasso: «*Belìn*! Tra un po' mi devo alzare per andare a lavorare!».

Provammo a dare delle spallate alla porta. A un certo punto la porta si aprì, era lei che non si reggeva in piedi: «Mi sembrava di aver sentito qualche rumore».

Il mio bottiglione di vino con etichetta "Lambrusco dei Castelli romani" era vuoto.

Nel frattempo ero tornato a lavorare nella concessionaria di auto Ford che mi aveva assunto la prima volta quando avevo ventitré anni come magazziniere, poi capo magazzino, poi se-

---

[8] Rivarolo è un quartiere di Genova.

gretario d'officina e venditore di auto. La mia vita lavorativa, fino a quando non ero approdato alla Ford la prima volta, non era stata un granché. Avevo lavorato, un po' in regola un po' no, aiutando mio padre nel gestire le sue attività, sia in Sicilia che a Genova, e poi, tramite lui, anche da Soldano, famoso pellicciaio di Genova, il pellicciaio delle dive italiane e perfino internazionali.

Fatto sta che tornai alla Ford.

Quella riassunzione mi dette quel po' di tranquillità dopo la tempesta, ma avvenne in un modo strano.

Tornato da Santa Margherita non sapevo dove sbattere la testa e preso dallo sconforto una notte pensai di mettermi in contatto telepaticamente col mio ex principale della concessionaria che avevo lasciato per tentare l'attività in proprio.

Non so, forse mi addormentai con quel pensiero, forse no: mi ritrovai nel profondo blu notte dello spazio cosmico a volteggiare con lui, vorticosamente, in un valzer…

L'indomani mattina andai in concessionaria con la scusa di salutare i vecchi colleghi. Uscì lui, il mio ex principale, dal suo ufficio e appena mi vide mi disse, come se fosse la cosa più naturale del mondo: «Ah! Proprio te! Vieni che ti devo parlare…».

Intanto avevo iniziato ad andare alle scuole serali per prendere un diploma perché, come si può facilmente capire, difficilmente avevo potuto completare gli studi regolari facendo le scuole per metà anno in un posto, l'altra metà in un altro posto – sia le elementari che le medie, delle quali ricordo la professoressa Lentini a Vittoria (in quel periodo mi cadevano spesso le penne dal banco, di fronte alla sua scrivania) e il professor Italo Gotta e la famigerata professoressa di matematica, signora Venezia, a Genova – e d'altra parte farmi completare il ciclo di studi non era neppure tra gli interessi primari dei miei genitori: dovevo guadagnarmi la zuppa, la mia, e anche un po' la loro.

Forse giova anche ricordare a proposito della mia vita disordinata già dagli esordi – e agli esordi non poteva essere colpa mia – che i sacramenti seguirono più o meno le vicissitudini dei miei studi, solo un po' meno in quanto i sacramenti che ci toccano nella vita sono di numero inferiore alla quantità di anni di studi.

La prima comunione la feci da solo, un giorno, a Vittoria, non ricordo bene a quale età, ero un ragazzino. Andai nella chiesa del santo patrono, San Giovanni Battista, dall'altra parte della città. La ricordo bene perché spesso nei pomeriggi assolati andavo ad ammirarne la facciata che mi pareva altissima in quel piazzale sterrato, deserto in quelle ore calde. Mi confessai e presi la comunione, solo che era la prima, tutto lì.

Per la cresima non fu tanto diverso. Ero a fare il militare a Cividale del Friuli, in caserma chiesero chi fosse ancora senza il sacramento, io alzai la mano e me la fecero fare. Per l'occasione il mio padrino fu un mio commilitone, mi fece anche il regalo: un pacchetto di Nazionali semplici.

La sera a scuola mi ero costruito un bel giro di rapporti tra compagni e insegnanti. Ricordo sempre volentieri le relazioni che si erano instaurate. Quando sei in un'età di pieno vigore e ti stai appena riprendendo dal male che ti aveva sfinito, per uscire dalla convalescenza prendi tutto quel che ti arriva a piene mani o, come disse allora una mia insegnante ai miei compagni indicando me e riferendosi alle mie gesta: «Lui fagocita».

Infine presi il diploma e diedi anche un esame all'Università, Storia della filosofia morale, ma non potei fare di più.

Di quel periodo mi piace ricordare certe notti estive passate in spiaggia alle Cinque Terre e in particolare una notte di Capodanno passata con tre miei compagni/e di classe al Sacro Eremo dei Camaldoli.

Sacro Eremo dei Camaldoli

Dal libro dei ricordi.

Era la mattina dell'ultimo dell'anno, stavo ancora dormendo e squillò il telefono, era una mia amica che mi informava che con un'altra coppia di nostri amici avevano deciso che avremmo passato la notte dell'ultimo dell'anno insieme, in qualche posto. Chiesi se avevano già in mente qualcosa e mi rispose che sì, forse, ma... Capii di avere la situazione in mano e, considerato che ero l'unico ad avere un'auto, anche se non era un ultimo modello, feci la mia proposta che non poterono rifiutare.

«Si va ad assistere alla messa di mezzanotte ad Assisi!».

«Ma dai... Piuttosto andiamo a Verona... a Siena...».

«Si va ad assistere alla messa di mezzanotte ad Assisi! Prendere o lasciare!».

Non so perché, ma era una cosa che avevo in mente di fare da molto tempo, e quella era l'occasione buona.

L'appuntamento era per subito dopo pranzo, infatti ci vedemmo e imboccammo l'autostrada; le ragazze si premunirono portando anche una bottiglia di champagne... (o spumante?) e quattro calici da utilizzare nell'eventualità che la mez-

zanotte ci trovasse dispersi tra gli Appennini. Veniva giù tanta acqua (nel senso che pioveva) che non mi ricordo di averne visto altrettanta tutt'assieme; il viaggio in autostrada proseguì tra lampi tuoni e grandi pozzanghere che frenavano le ruote dell'auto. I miei compagni di viaggio non erano al massimo dell'umore, qualcuno cominciò a pentirsi di avere lasciato decidere me, qualcun altro meditava di buttarsi giù dalla macchina in corsa.

A un certo punto, sicuro che la mia idea era stata magnifica, per incoraggiare i compagni di viaggio esclamai: «Vi prometto che a mezzanotte ad Assisi ci sarà il cielo stellato!», non riuscirono a ridere, poverini...

Arrivammo ad Assisi nella prima serata, che pioveva, la girammo un po', per poi scendere a valle per trovare qualcosa da mettere sotto i denti e tornare quindi ad Assisi per la messa di mezzanotte. Scendemmo quindi a Santa Maria degli Angeli (non pioveva quasi più, ma il cielo non prometteva niente di buono).

Chiedemmo al primo vigile dove potevamo andare a mangiare qualcosa senza essere pelati vivi e questo ci indicò una trattoria lì vicino. Ci andammo con una certa diffidenza, voi capirete, la sera dell'ultimo dell'anno ti infili nel primo ristorante che ti capita, in una città che non conosci, di una regione che non conosci... Ci ritrovammo nel bel mezzo di un cenone con gente festosa e simpatica... mangiammo benissimo, e bevemmo pure... la serata fu stupenda, i miei amici riacquistarono il sorriso e spendemmo troppo poco, davvero! Ritornammo su ad Assisi e finalmente assistemmo alla messa di mezzanotte.

Ce l'avevo fatta!

Uscimmo dalla basilica di San Francesco e c'erano ancora delle nuvole, ma c'erano anche le stelle. Il mio primo pensiero fu di telefonare a mia figlia a casa con sua madre, per farle gli auguri per il nuovo anno... mi rispose la suocera (ex) dicendo che non era il caso di svegliarla...

Riprendemmo l'auto e andammo a Gubbio.

Avete mai visitato Gubbio, di notte, d'inverno, nella notte di Capodanno? È qualcosa d'incredibile. Girare per gli angoli di quelle strade alle due di notte, incrociando di tanto in tanto qualche altro gruppetto di disperati come te e i tuoi compagni d'avventura, e ognuno con la sua storia dietro.

Risalimmo in auto e ci inoltrammo nell'Appennino, si mise a nevicare, non avevo le catene, ma non mi preoccupavo più di tanto.

Notte fonda in pieno inverno sull'Appennino mentre nevica, con un'auto non proprio affidabilissima...

Passammo per il monte Fumaiolo, alla sorgente del Tevere, proseguimmo per strade montuose strette, sconosciute, in mezzo a foreste imbiancate, con la paura di scivolare in qualche burrone. All'improvviso dal ciglio della stradina mi si fece davanti un cervo, per un attimo, illuminato dai fari dell'auto, un istante e ridiscese giù per la foresta, ci guardammo con la mia amica, che stava al mio fianco, e pensammo di essere dentro una fiaba. Arrivammo verso le sei del mattino davanti a un eremo, il Sacro Eremo dei Camaldoli, in piena foresta, costruito nel 1012. Il portone naturalmente era chiuso e un cartello avvisava che un piccolo spaccio apriva alle nove. Provammo ad accomodarci in auto per cercare di dormire, ma dormire in quattro in un'auto è un problema, specialmente col freddo che faceva. Decisi di lasciare più spazio ai miei compagni e uscii dalla macchina, volevo andare in mezzo alla foresta da solo e ci andai...

Camminai a lungo col freddo che mi penetrava nelle ossa, ma volevo incontrare il cervo che si era fatto vedere nella notte... e lo cercai, dovevo parlargli... avevo delle domande da fargli, tante... ma non si fece trovare... pensai che mi guardas-

se da lontano, dietro un albero... e si chiedesse chi fosse quell'animale che in mezzo alla foresta lo cercava...

Aprì lo spaccio e ci rifocillammo, visitammo le celle dei monaci, quella di San Romualdo, fondatore dell'ordine dei Camaldolesi e quella in cui fu ospite San Francesco. Ma io dovevo tornare a Genova e prendemmo la strada del ritorno.

Nel primo pomeriggio ero, come sempre nei giorni permessi, da mia figlia. Mai saltato l'appuntamento – fino a quando me l'ha concesso – con questo mio importante impegno che mi ha tenuto a Genova per sempre invece di fuggire dal mio male, per esempio, andando in Canada per spaccare alberi nelle foreste, per ricominciare una vita totalmente diversa. Come non mancai mai di passare le vacanze con lei, con la mia famiglia paterna ad Asti, o altrove: al Lago Maggiore, in Francia – dalla Marcelle, al Park des Maurettes, in Camargue – ad Arezzo, in campagna da Maria, etc.; anno per anno.

Negli anni successivi tornai altre volte al Sacro Eremo dei Camaldoli, sempre nel mese di gennaio, da solo, per vivere in una cella e condividere la vita, la preghiera e il lavoro dei monaci.

Io e Roberto Vecchioni

In quell'epoca andai a trovare a Milano nella scuola presso cui insegnava, il liceo Beccaria – dopo averlo chiamato – il professor Vecchioni.

No, non è stato un gesto da paragonare a quello di una ragazzina che stravede per il suo idolo, come pure mi è stato rimproverato. A quel tempo lui era sì apprezzato, ma non era certo un cantautore popolarissimo, aveva un suo pubblico, e c'ero anch'io che avevo già dei suoi dischi. Era un cantautore relativamente per pochi anche se aveva già fatto delle canzoni che ottennero grande successo, come per esempio *Samarcanda*.

Avevo ascoltato delle sue canzoni, allora quasi sconosciute ai più, che pensavo potesse aver scritto solo dopo aver captato in qualche modo la mia "malattia". Ne elenco qualcuna tra le tante, ma significative: *L'ultimo spettacolo*, *Sestri Levante*, *Figlia*, *Il Re non si diverte*, *Sabato stelle*, *Pagando s'intende*, *Pesci nelle orecchie*. E volli conoscerlo, volli parlargli, nella mia convalescenza.

Ma vale la pena che racconti dall'inizio.

Non ero ancora del tutto guarito, nonostante fossero ormai passati tre anni dalla soluzione finale del mio matrimonio. Saltuariamente mi trovavo con un mio amico, Cesare (in realtà battezzato Cesarino), a casa sua per delle questioni. Mentre parlavamo c'era un sottofondo musicale. Dopo un po' di volte che ero andato a casa sua e che avevo ascoltato quel sottofondo musicale, come dire… non proprio allegro, un giorno capii che le parole di quella canzone mi erano entrate dentro e gli chiesi: «Ma chi è 'sto rompicoglioni?».

Stava raccontando la storia della mia separazione con gli stessi stati d'animo che avevo vissuto: «Perché t'aiuto io ad andare non lo sai, se questo a chi si lascia non succede mai, ma non ti ho mai considerata roba mia, io ho le mie favole, e tu una storia tua»[9].

Il tutto inframezzato con citazioni epiche e accompagnato da una musica drammatica che più non si sarebbe potuto.

«È Vecchioni», rispose. Da allora seguii sempre quel cantautore e scoprii altri suoi testi che raccontavano la mia storia che, in fondo, è la storia di tanti. Mi misi in testa che dovevo assolutamente parlare con quell'uomo che insegnava lettere antiche al liceo Beccaria a Milano. Di giorno insegnava e di sera faceva i concerti.

Una mattina cercai il numero telefonico del liceo Beccaria, presi il telefono e feci il numero: «Pronto, buongiorno, sono Nazareni da Genova, vorrei parlare col professor Vecchioni».

«Sta facendo lezione… attenda». Mi dissi che non era possibile che forse tra un minuto avrei parlato davvero con l'autore de *L'ultimo spettacolo*.

«Pronto? Chi parla?».

«Ma sei Vecchioni??? Roberto Vecchioni?». Capì subito che ero un rompicoglioni, ma la prese bene, e dopo qualche minuto di conversazione mi propose di andare a trovarlo, gli

---

[9] Dalla canzone *L'ultimo spettacolo* di Roberto Vecchioni.

risposi che sarei partito anche immediatamente. Così ci demmo un appuntamento per qualche giorno più in là, a mezzogiorno davanti al Beccaria.

Arrivò il giorno. La sera precedente andai a dormire in Piemonte da mia mamma per iniziare la marcia di avvicinamento a Milano.

La mattina partii in macchina alle sette per essere sicuro che sarei stato ad attenderlo a mezzogiorno esatto davanti al liceo. Era gennaio, lo stesso gennaio del Capodanno ad Assisi, nel 1986, e quel giorno nevicava. Alle nove ero già davanti all'entrata del liceo. Per far passare il tempo mi misi a passeggiare nei dintorni e, passando sotto i finestroni della scuola, lo vidi dietro i vetri, in corridoio. Mi sbracciai per attirare la sua attenzione, capì chi fossi e mi fece cenno di raggiungerlo all'interno della scuola. Lo raggiunsi, lo abbracciai e visto che era l'ora dell'intervallo andammo in un baretto lì vicino per fare colazione. Io presi un cappuccino, lui un Martini. Lo riaccompagnai a scuola per rivederci alla fine delle lezioni a mezzogiorno. Uscì puntuale e mi disse: «Salta in macchina! Andiamo a prendere un aperitivo».

Non saltai, ma presi la mia auto e lo seguii fino a un bar dove pare si fermasse ogni volta, quando usciva da scuola. Ci sedemmo. Presi un analcolico, lui di nuovo un Martini, e ne prese altri due o tre nel corso di quell'oretta e mezza.

Gli parlai del mio periodo nero, di come lo stavo superando, delle sue canzoni, del fatto che, per cuccare, il mio argomento preferito era lui, coi suoi testi, e che in questo modo a Genova gli avevo creato un seguito. Lui mi parlò un po' della sua vita, del fatto che per dei periodi non s'interessava alla musica leggera e ascoltava solo musica classica, e mi accennò anche del suo sogno inconfessato di sentire la sua canzone *Luci a San Siro* cantata da Frank Sinatra che, a pensarci bene, potrebbe essere proprio la morte sua – come si dice – di quella canzone, ma aggiunse che non sapeva come fare per contattarlo, gli dissi di fare come avevo fatto io per contattare lui.

«E cioè?».

«Ti ho telefonato».

«Ah, dici, in proporzione?».

«Sì».

Prima di andarcene si fece portare dei foglietti dal ragazzo del bar e, da buon autore di testi di canzoni, scrisse un pensiero per ognuno di coloro di cui gli avevo parlato. Ne scrisse uno anche per me:

> *A Cristiano*
> *che viene e va, corre sui suoi pensieri, rincorre*
> *il passato prossimo e ricorda quello remoto.*
> *A Cristiano che ha paura dei suoi sentimenti,*
> *ma li sente forti e comunque continui.*
> *A Cristiano e ai suoi denti che sorridono,*
> *a Cristiano e a sua figlia, a sua moglie, ai suoi sogni,*
> *da un amico occasionale, che comunque c'è*
> *quando c'è bisogno.*
>
> *Roberto Vecchioni*

E uno per mia figlia:

> *A Mirella,*
> *per quando ascolterà le cose che suo padre ama*
> *e che Roberto ha voluto amare.*
>
> *Roberto Vecchioni*

Tornai a Genova con quei foglietti e li distribuii ai destinatari di quei pensieri: compagni e compagne di classe, insegnanti e figlia, come se fossero le tavole della legge.

Andai a trovarlo a Milano altre volte, lo vidi ancora in occasione dei suoi concerti a Genova, prima o dopo il concerto. Una volta all'Acquasola (giardini di Genova) ci portai anche la mia ex moglie, ma si vergognò di entrare con me nel suo camerino, entrò una mia amica, che era con noi; anche se lo scopo della visita in camerino era quello di fare parlare Vecchioni con mia moglie, ex moglie.

Un'altra volta al teatro Margherita, prima di un concerto, entrai nel suo camerino – dopo averlo chiamato al telefono ed esserci messi d'accordo – e gli presentai la giovane donna che stava per diventare la mia seconda moglie, Maria. Capì che ormai stavo guarendo. In quell'occasione nel camerino entrò anche Anna Oxa per salutarlo – da poco tempo aveva portato al successo una bellissima canzone scritta da lui, *A lei* – all'epoca abitava a Genova perché compagna di uno dei New Trolls. I grandi New Trolls dei quali non potrò mai dimenticare la "sensazione" di quando ascoltai per la prima volta nel 1966 o nel 1967 la loro canzone *Sensazioni* alla radio, da ragazzo.

Sestri Ponente – Principe

Un mio collega mi affittò un suo appartamento a Sestri Ponente, zona di Genova che ancora mancava al mio bouquet.

Finiva l'epoca delle camere in affitto con tutto quel che ne consegue. Avevo cominciato a frequentare assiduamente una ragazza più giovane, Maria, che non ne voleva sapere di mollarmi nonostante glielo consigliassi spassionatamente dicendole che con me non ci sarebbe stato un futuro. Ma non c'era verso.

Quello che mi colpì in lei fu che la vidi come la personificazione della civiltà. Accettò di buon grado la mia condizione di ragazzo padre nei week-end e durante le vacanze (unici periodi in cui mi era permesso di essere padre), mia figlia fu la benvenuta anche presso la sua famiglia. Mi colpì anche il loro modo di stare in famiglia; era bello vedere le loro riunioni con mamma e fratelli. Tutti stanno al posto che Dio gli ha assegnato alla nascita, sia per indole, sia per rispetto verso il loro capofamiglia che è mancato quando loro erano ancora molto giovani, che pur essendo mancato troppo presto, è rimasto per sempre il loro capofamiglia.

Pur essendo sicuro fino ad allora che non mi sarei mai più risposato, alla fine non potei più pensare al mio futuro senza la sua presenza discreta e amorevole.

Dopo sette anni di conoscenza durante i quali io avevo continuato a fare la mia vita da scapolo di ritorno, esclusi i week-end con mia figlia, mi risposai. Dall'appartamento da scapolo di ritorno di Sestri Ponente, andammo ad abitare nella zona di Principe.

Mia figlia, piccolina, non prese bene la notizia del matrimonio; glielo dissi che eravamo io e lei in macchina, lei pianse e le si riempì immediatamente la pelle di chiazze rosse per tutto il corpo, ma in seguito considerò la mia nuova moglie la sua migliore amica per parecchi anni fino a quando, con gli anni che passavano e la giovinezza che avanzava, diradò la partecipazione alla mia nuova famiglia, della quale, per me, lei era comunque sempre il fulcro. Cominciò quindi a frequentarmi meno e con qualche fastidio malcelato, a telefonare solo verso fine mese in concomitanza della data in cui dovevo versare a sua madre l'assegno pattuito per lei. Poi telefonò solo ogni due mesi.

Lettera all'avvocato della ex moglie

Avvocato,

voglio farle notare che mia figlia ha compiuto diciotto anni nel giugno del 1997 e che dal luglio dello stesso anno non si è più fatta vedere, accontentandosi di farmi una telefonata ogni mese o due.

Il significato di tale comportamento mi sembra molto chiaro, essendo diventata maggiorenne non ritiene opportuno continuare a frequentarmi.

Io, invece, continuo come sempre a dare l'assegno mensile per una ragazza della quale non so più niente, sia per quanto riguarda la sua vita affettiva che per quanto riguarda la sua vita sociale. Continuo a farglielo avere tramite l'avvocato [omissis] per tutelarmi da diffamazioni come è avvenuto nel passato quando, pur avendo sempre fatto il mio dovere (anche in periodi di grande difficoltà) e anche molto di più, sono stato appunto diffamato presso i miei familiari.

Se ben ricorda, avvocato, in seguito a ciò interruppi il versamento dell'assegno mensile per undici mesi rivolgendomi contemporaneamente al mio avvocato perché ponesse un po' di ordine nelle richieste eccessive della madre di Mirella.

Fu solo allora, avvocato, che la signora suddetta accettò una cifra equa (questo dopo che anche altri due avvocati suoi non erano riusciti nell'intento), che io ripresi prontamente a dare come sempre avevo fatto prima, dando anche quelle undici mensilità che avevo trattenuto in attesa di una definizione.

Allo stato dei fatti penso di avere perso una figlia che tra l'altro non mi sono mai goduto appieno nonostante il mio continuo affetto e interessamento nei suoi confronti. Affetto non solo mio, ma di tutti i miei parenti, di mia moglie, dei parenti di mia moglie e dei miei amici. Affetto dal quale lei si è progressivamente allontanata per pigrizia, per indolenza che gliene derivano dall'influenza della madre.

Mia figlia tra pochi giorni compirà il diciannovesimo anno ed entrerà quindi nel ventesimo. Mi si dice che poi, verso i venticinque/trent'anni i figli cercano i genitori. Ammesso che sia così, anche se non ci credo, che rapporto potrà mai esistere tra un uomo di sessant'anni e una figlia che non si conosce più?

La prego, avvocato, di trasmettere questa mia a Mirella, unitamente ai miei auguri per un buon compleanno.

Distinti saluti.

Genova, 28/05/1998

Poi all'età di ventidue anni e mezzo mi disse che finalmente aveva trovato un lavoro – precario – ma si sapeva che sarebbe finito con l'assunzione, che infatti, dopo molti anni, ci fu (io gliene avevo già trovato uno fisso quando smise di studiare dopo il diploma a diciotto anni, ma lei tornando a casa aveva telefonato al futuro datore di lavoro per rifiutare e preferì non far niente; come aveva telefonato un'altra volta, anni prima, alla sezione di boy scout a cui l'avevo presentata per tenerla comunque occupata con qualcosa d'interessante, per avvisare che non sarebbe andata).

Quindi smisi di versare il suo assegno e non la sentii più, e neppure la vidi più.

- Il papà che quando era piccolina le cambiava i pannolini e quando iniziò a stare in piedi le cantava: «Perché sta in piedi da sola, perché sta in piedi da sola, perché sta in piedi da solaaa...».

- Il papà che quando il giudice gli stava fissando i giorni in cui poteva far visita a sua figlia si ribellò dicendo che lui non stava divorziando dalla figlia, ma solo dalla moglie.

- Il papà che fu chiamato a casa da sua mamma perché lei, piccolina, stava male senza di lui, ma la sera stessa dopo averla tenuta tutto il giorno in braccio dovette andarsene, perché da separato non era gradito in quella casa, e se ne andò con la morte nel cuore, con lei che dalle scale gli gridava tra i singhiozzi: «Ma cosa mi chiami figlia, figlia, se poi ogni volta te ne vai! Non venire più!».

- Il papà che si era svenato per versare sempre e comunque l'assegno pattuito con la legge per contribuire al suo mantenimento nonostante certi periodi di peripezie lavorative.

- Il papà che era stato diffamato presso i suoi familiari facendo loro credere che non faceva il proprio dovere solo perché non voleva provvedere – per principio – a sopperire anche alla quota di mantenimento dovuta dalla madre che percepiva un regolare stipendio; la quale, un giorno, aveva superficialmente pensato che la vita senza un marito sarebbe stata molto più facile.

- Il papà che aveva altresì sacrificato la sua voglia di andarsene dall'Italia e trasferirsi magari in Canada a spaccare alberi, per rimanere sempre presente nella vita della figlia.

E quella sera che mi gridasti per le scale, Mirella, io dovetti tornare in Piemonte, ad Asti, dai miei genitori; perché ero andato lì da Santa Margherita, senza più la mia famiglia. Ma mio padre, tuo nonno, quella sera stessa, vistomi a pezzi, trovò il coraggio di dirmi che non mi voleva perché in quella casa non potevano starci due uomini, adulti.

Io non sapevo dove andare a dormire, tornai a Genova e andai in un albergo nei vicoli, per quella notte. Non avevo più casa, ed ero appena stato cacciato da mia figlia e dal mio genitore.

Questo papà, io, con la cessazione dell'assegno di mantenimento, fu definitivamente buttato nel cesso.

Passarono anni e anni durante i quali non ne seppi più niente, non seppi più nulla di lei.

Morì mia mamma, la sua nonna – che insieme a tutta la mia famiglia l'aveva sempre trattata come una principessa nei miei week-end e nelle mie vacanze di ragazzo padre, coprendola di affetto, di doni, di vestiario; la nonna che, insieme agli altri miei parenti, le faceva anche dei regali in denaro (anche modesti, per carità), che io mettevo in un libretto di risparmio intestato a lei e che le donai, con un adeguamento, il giorno del suo diciottesimo compleanno – fu buttata nel cesso anche lei.

Recuperai in qualche modo un suo numero di telefono, la chiamai per vedere se era matura per un riavvicinamento, avvisandola che sua nonna era all'ospedale e che era in fin di vita, le chiesi se avesse voluto andare a trovarla. Rispose dicendomi che era incinta all'ottavo mese e che non se la sentiva. Le chiesi di farmi sapere della nascita del bambino.

Non mi fece sapere niente.

La chiamai ancora qualche mese dopo per sapere del bambino e le consigliai di non fare crescere suo figlio come aveva voluto crescere lei, facendo a meno degli affetti primari e atavici. Mi disse che il bambino stava bene e che gli erano sufficienti i nonni che aveva. Aggiunse che io per suo figlio avrei potuto considerarmi al massimo un nonno biologico e... a proposito... il dubbio che avevo io quando era una ragazzina, che fosse plagiata dalla madre, era infondato. Disse orgogliosa che invece era lei a plagiare sua madre contro di me. Si disinteressò perfino di una piccola eredità che le aveva voluto lasciare mia mamma, piccole cose, per carità, roba di una donna che aveva lavorato per tutta la vita rinunciando sempre al superfluo e a volte anche all'essenziale.

Quella piccola somma io e mia moglie la destinammo a una bambina russa di otto anni che era stata tolta ai genitori e ai nonni e viveva in un istituto, in Russia, e che ormai sono cinque anni che ospitiamo per le festività estive e invernali riversandole l'affetto che si può riversare a una figlia o a una nipote.

Eredità

Qui di seguito riporto il testo di una lettera del mio notaio indirizzata a mia figlia che ho trovato tra le mie carte. Non sono sicuro di aver poi detto al notaio di renderla ufficiale e spedirla. Probabilmente è stato solo un altro dei miei tentativi di riavvicinamento a cui, poi, non ho dato seguito perché Mirella al termine della seconda telefonata mi aveva detto: «Io sto bene così, senza di te. E adesso cos'altro devo aspettarmi?».

Questo perché anche mia moglie le aveva scritto una bella lettera e le aveva mandato anche un mazzo di fiori.

Le risposi: «Stai tranquilla, ti lascio in pace, se è questo che vuoi. Ma sai dove abito. La mia porta è sempre aperta».

Redigo la presente su esplicito incarico di Suo padre.

Essendo – come a lei noto – deceduta in data 28 dicembre 2008 Sua nonna paterna signora Corsino Filippa è intenzione di suo padre – rispettando la volontà espressa dalla nonna – devolverle la somma di euro 5,160.

La prego pertanto – previo contatti anche telefonici col mio ufficio – di confermarmi la Sua disponibilità a ricevere quanto sopra, in caso contrario vorrà confermarmi, per iscritto, il suo diniego a ricevere quanto in oggetto.

Resto in attesa e porgo distinti saluti.

Il mio rapporto con la musica

Intanto era finito il secolo e ci si era inoltrati negli anni Duemila. Ed era stato proprio nel 2000 che – approfittando di un periodo di relativa tranquillità e della mia posizione di componente della commissione cultura del municipio della parte vecchia della mia città – come già ho detto, potei dare sfogo alla mia passione per la musica.

In occasione della scomparsa di Fabrizio De André pensai, organizzai e interpretai un concerto sulla sua musica e sulla musica di coloro da cui aveva tratto ispirazione all'inizio della sua carriera: gli *chansonniers* francesi [10]. Concerto che si ripeté, con altro programma[11], l'anno successivo.

---

[10] Si vedano, nel IV capitolo, i paragrafi: *Parigi-Genova – Prima tappa* e *Parigi-Genova – Seconda tappa*, relativi ai tributi a Fabrizio De André.

[11] Si vedano, nel IV capitolo, i paragrafi: *Parigi-Genova – Prima tappa* e *Parigi-Genova – Seconda tappa*, relativi ai tributi a Fabrizio De André.

Molassana

Nei paragrafi precedenti ho accennato alla morte di mia mamma. In effetti in quel periodo non abitavo più nella zona della stazione Principe nella quale ci eravamo trasferiti in occasione del matrimonio. Avevamo trovato per noi una casetta indipendente con terrazza, orto e posto macchina nella periferia di Genova, Molassana, nella quale viviamo tuttora, spero ormai per sempre. Fu qui, quindi, che vissi prima la morte di mio padre, poi quella di mia madre, avvenute a due anni di distanza l'una dall'altra, stessa distanza anagrafica che li divideva. Sono morti tutt'e due all'età di settantotto anni.

Il musicista

Mio padre non lo vedevo più da vent'anni. L'avevamo lasciato per la sua strada (più verosimilmente fu lui a lasciarci per la nostra strada continuando a inseguire la sua) dopo esserci stancati di seguirlo nei suoi spostamenti e nel suo carattere. Ma alla fine andò a morire presso un suo fratello in Piemonte e nell'ultimo periodo chiamò "mamma" la moglie di suo fratello, sua cognata: la mia cara zia che con lo zio mi chiamano ancora Cristianino, dai tempi di Camogli. Pensai, nonostante tutto, di andargli a portare il mio ultimo saluto nel giorno del suo funerale.

Da appena ragazzo Fernando si era trovato in guerra e si vantava di essere appartenuto al corpo della Milizia Portuaria di Genova. Si sposò molto giovane con quella ragazza che poi diventò mia madre, giusto dopo un anno. Era andato a prendersela in Sicilia, suo paese d'origine e l'aveva portata a Genova, tutt'e due senza soldi in tasca. S'ingegnò in mille modi per cercare di sbarcare il lunario. Fece il guardiano notturno, il saldatore sulle navi, il rappresentante di profumi. Tentò qualche attività in proprio. Alla fine si fece venire un infarto e da allora visse da pensionato.

Un tipo geniale; a suo dire fascista, al contrario di un suo fratello, comunista dalla testa ai piedi.

Nella mia vita non ero mai riuscito a capire come mio padre, durante la guerra, da ragazzo, avesse imparato a fare tante cose: suonare bene la fisarmonica, la chitarra classica, un po' il pianoforte, e qualcuno gli pagò anche delle lezioni di violino, riconoscendo in lui un talento della musica. Ma non solo, aveva fatto anche delle invenzioni, una su tutte il moto perpetuo, suo fiore all'occhiello, regolarmente brevettato all'ufficio brevetti di Genova, insieme ad un'altra sua invenzione, uno strumento in grado di riprodurre il suono di qualsiasi strumento musicale: in pratica, per farla breve, si suonava come un pianoforte e i tasti, attraverso leve, andavano ad azionare le note di un qualsiasi strumento registrate una per una sul solco di un disco a 33 giri, per tutta la circonferenza, tanto che la nota poteva perfino durare all'infinito. Nessuna delle due invenzioni vide mai veramente la luce, e funzionarono soltanto in teoria. Il bello è che da grande, per un periodo, cercai di mettere in pratica quel moto perpetuo, al quale da ragazzino avevo creduto anche io. Il risultato fu lo stesso ottenuto da Fernando. Funzionò solo in teoria.

Fernando era un personaggio geniale, quindi, e anche simpatico, lui era quello che ravvivava le feste. Bastava che tirasse fuori la fisarmonica o la chitarra e la festa poteva iniziare. Nella sua ignoranza – aveva frequentato appena fino alla seconda media – era stato lui a stimolarmi nei discorsi sull'infinito, su Dio o che so io. L'unica cosa che ricordavo davvero volentieri di mio padre erano quelle discussioni infinite la sera a tavola prima di andare a dormire quando ero appena un ragazzino.

L'affabulatrice

«*"Vien' accà buttanedda! Ca ti fazzu viriri iu!" E iu scappavo ca si mi pigghiava erano tumbulati. Iu era nica nica e 'u papà era picciriddu ma avia mani ca parianu ranni e ossute ca ti facìanu male. Quanti glini cumminava. Ero tutta pìpi e nun stapia mai ferma, sempre a cumminarini quaccheruna. Nu iuornu turnai a casa da scola e mo matri vulia farimi fari i compiti. Iu accuminciai a leggiri chiddu chi 'a maestra ci avia fattu scriviri: "Tempo... futtuto... " e mo matri, ignorante, mi ricìa "leggi bene ca nun po essere scrittu accussì". E iu: "Mamà, sugnu sicura... ca c'è scritto accussì: tempo... futtuto!". Appui 'a mamà, semianalfabeta, pigghiau 'u quaderno e littira pi littira liggìu: "... T e m p o f u t u ro... 'U viristi ca nun era come liggivi tu?"*».

Mia mamma in realtà parlava italiano, a volte sfoggiava anche un leggero accento piemontese, per darsi delle arie da perfetta continentale, ma quando eravamo in compagnia, in famiglia, tornava a parlare in siciliano ed allora era come se si ritrovasse nel centro del suo palcoscenico ideale. Era uno spettacolo culturale vederla raccontare le sue storie di quando era bambina, in Sicilia, nel suo paese. Io restavo ammirato ad ascoltarla anche per ore. Anche perché da quelle storie, in quel dialetto, vedevo venir fuori le mie origini, la sua storia. Al di là della storia ufficiale, che era una storia molto modesta, da non potersene vantare. Avevo conosciuto solo altri due personaggi che mi avevano affascinato così nei loro racconti: un contastorie, il Maestro Mimmo Cuticchio, visto una sera in un teatro della periferia di Genova, e Dario Fo, altro grande Maestro dell'affabulazione, che con sorpresa mi ero ritrovato seduto al mio fianco quando si accesero le luci del teatro; anche lui era venuto a vedere il Maestro dei contastorie, che parlava di Orlando e di Angelica e faceva diventare tutto vero.

Solo mia madre, l'affabulatrice, come a me piaceva chiamarla, poteva rendermi piacevoli alcuni fatti della nostra vita, della mia infanzia.

Una domenica, dopo giorni di sofferenze all'ospedale, l'affabulatrice finì per sempre di raccontare le sue favole vere. All'ospedale, in prima serata. Io avevo perso l'ultima radice, l'ultimo legame con le mie origini. Ero nato a Camogli e solo sporadicamente ero tornato nel paese di mia madre. Tre, quattro volte in tutta la vita. Niente mi collegava più con la Sicilia... il paese dei miei genitori.

Fu a questo punto che mi ritrovai piano piano – senza quasi accorgermene, continuando a scrivere come sempre avevo fatto solo per diletto personale – a cercare di indirizzare i miei scritti nell'intento di perpetrare il ricordo delle mie origini. Perché non me n'ero mai accorto prima, ma ne ero fiero delle mie origini popolari. Anche se spesso avevo pensato che avrei voluto essere figlio di una donna dai modi aristocratici e colti. Ma quell'eventuale donna non avrebbe mai potuto essere l'affabulatrice che era stata mia madre.

La morte di mia madre fu una vicenda vissuta drammaticamente, non tanto per la sua morte – perché la morte di un genitore è sempre un fatto tragico – quanto per quello che avvenne nella famiglia o, per meglio dire, nella mia mente e solo nella mia mente. Ma questo porta ad un altro romanzo – un romanzo nel romanzo – del quale non voglio certo lasciarvi orfani pur essendo soltanto il racconto di un incubo, ricorrente, ma un incubo, percorso in tutte le notti che feci al capezzale di mia madre morente. Un incubo ad occhi aperti, con personaggi reali che si mischiavano a personaggi della fantasia, in luoghi, per me, anche inusitati; e io lo vivevo guardando tutto dall'alto compreso me stesso, che ero diventato un personaggio terzo, in quell'incubo ad occhi aperti. La rappresentazione a cui ero costretto ad assistere e a partecipare non mi apparteneva nella vita reale. Eppure era lì davanti a me, nei corridoi bui dell'ospedale. E nell'incubo mi chiamai Jacob, perché negli incubi succedono cose assurde. Storie irreali, incredibili nella mia famiglia, non benestante, ma di sani principi e sane tradizioni.

II Capitolo

L'incubo
(Il romanzo nel romanzo)

Jacob

Per l'occasione della morte di José, il fratello Joaquìn, zio di Jacob, volle fargli il lettino, e chiese a Chico – fratello minore di Jacob – che stava cercando di farsi accreditare presso i parenti come capo famiglia con la dipartita del padre, se i figli avessero voluto partecipare alla spesa, lui non ritenne opportuno chiedere l'opinione del fratello maggiore e rispose di no.

Appena Jacob lo seppe, dopo mesi, volle condividere con suo zio la spesa che questo aveva sostenuto, metà per uno. Era molto più giusto così, anche se il padre se ne era andato per i fatti suoi da molti anni lasciando la famiglia.

Sarà forse anche per quegli anni in cui aveva condiviso con suo padre periodi belli e periodi meno belli, con la madre, su e giù tra Albuquerque e Tegucigalpa, molto, ma molto tempo prima che il fratello e la sorella nascessero...

Poi morì anche la madre. Jacob, tra i fratelli, era quello che aveva vissuto gli anni della giovinezza di Josepha. Quando era nato, lei aveva appena vent'anni e buona parte dei suoi ricordi, per forza di cose, non potevano appartenere ai suoi fratelli che erano nati quando lei aveva superato di un bel po' la trentina. Loro, in pratica avevano vissuto sempre a Albu-

querque con un padre che, da piccoli, li aveva messi anche in un istituto (per capirci, non era un college).

Quando loro erano ragazzini Jacob si era sposato e andava per la sua strada. Con la famiglia d'origine ormai aveva un rapporto diverso. E non aveva mai digerito benissimo che prima delle sue nozze la madre lo aveva obbligato a consegnarle una buona parte dello stipendio fino all'ultimo mese, non volendo sentire ragioni e insistendo con urla e grida. Erano altri tempi? Ai suoi coetanei non era andata così.

In cuor suo pensava di essere stato troppo malleabile come figlio.

Chico

Il fratello Chico, di molti anni più giovane, si era dato alla carriera militare, dopo aver tentato quella da prete, e non ebbe gli stessi problemi economici di Jacob con la famiglia, vivendo perlopiù fuori di casa. Aveva capito subito che nella vita si deve stare dove si mangia sempre e comunque, e che un pezzo di tonaca, o di divisa che sia, addosso, ti dà molte garanzie in questo senso, al di là di vocazioni vere o presunte.

E poi una tonaca o una divisa spesso danno un'identità che in abiti borghesi potrebbe latitare. A volte una riga dei pantaloni di una divisa ben stirata aiuta a sostenere il peso di una vita.

C'era per esempio un altro conoscente di Jacob, tale Francisco, che da ragazzo non aveva avuto certo comportamenti esemplari, poi un giorno si mise la tonaca e adesso quando Jacob lo chiamava – ogni dieci/venti anni – in occasione della morte di qualche parente, rispondeva con voce impostata: «A cosa debbo?», che Jacob avrebbe risposto volentieri: «Ma vaffanculo, va!».

Quando fu poco più che ragazzo, Chico, dopo i vent'anni, cominciò piano piano a pensare che avere un fratello maggio-

re da rispettare – non fosse altro per la maggior età, anche se non per il rispetto dovuto alle persone – non poteva più fare al caso suo.

Quando si riunivano per le feste comandate nella casa della loro mamma, a Santa Fe, magari lui con la sua fidanzata, e poi moglie, Jacob con suo figlio – perché era separato dalla moglie – non durò per molto il posto del fratello maggiore a capo tavola come era stato naturale fino ad allora – non perché questo pensasse di attribuirsi quel posto per un qualche diritto dinastico in mancanza del padre che ormai se n'era andato per la sua strada, ma solo perché era semplicemente una consuetudine che come fratello giovanotto, poi adulto, in confronto a dei ragazzini, si sedesse lì – così, spesso, nei pranzi di quelle occasioni Jacob si era trovato a mangiare in un angolo del tavolo magari neppure coperto dalla tovaglia, mentre il fratellino era lì a capo tavola. Ma niente da dire, a parte la constatazione di una evidente mancanza di educazione che, abituato sempre a essere rispettoso con gli altri e soprattutto coi più grandi, in qualche modo notava prendendola per un segno del cambiamento dei tempi. Ma non bastava, Chico doveva dimostrare di essere migliore di Jacob. In effetti bastava poco allo scopo. Il mondo intero era migliore di Jacob, in un certo senso che lui non invidiava al mondo, e lo riconosceva senza difficoltà.

Chico si separò dalla moglie nonostante i paterni consigli di Jacob. Consigli che lo infastidivano e ai quali al fratello rispondeva che anche lui si era separato da sua moglie, ma che lui da fratello minore invece di osteggiarlo gli era stato vicino. Il che fece capire a Jacob che per Chico tutti i divorziati erano uguali, sia che siano vittime del divorzio, sia che ne siano artefici. Il fratello maggiore continuò a non capirla quella separazione perché, reduce dalla propria, non comprendeva che uno se la andasse a cercare.

La loro madre stava dalla parte di Chico e già si era dimenticata della nuora, come poi stette con la figlia quando si separò anche lei dal marito accettando subito il primo che lo sostituì, che poi fu sostituito a sua volta...

Divenne una faida di loro tre, fratelli e mamma, contro Jacob.

Un giorno lo chiamarono a Santa Fe e quando fu lì lo accusarono di continuare a intrattenere assidui rapporti telefonici con la cognata, l'ex moglie del fratello, colpevole di essere una ex moglie divorziata. Che fosse la vittima della decisione di Chico a loro non riguardava o, meglio, non era una opzione considerata. Jacob, che non era certo famoso per intrattenere rapporti telefonici con chicchessia, ci rimase di stucco e ammise, sì, che c'erano state un paio di telefonate dell'ex cognata a sua moglie Alejandra, che poi gliela passò, in occasione, credeva di ricordare, di un Natale e di un compleanno, e forse, sì, una volta la chiamarono loro per farle le condoglianze per la morte del padre, considerati i buoni rapporti che avevano avuto nel periodo in cui era stata la sposa di suo fratello. Ma il tutto avveniva in un lasso di tempo di un anno (?), due (?), che non poteva essere considerato assolutamente un rapporto di contatti assidui, ma al massimo appena civili. E nel discolparsi chiese: «Ma chi vi ha detto queste cose?». Tutti e tre all'unisono risposero soddisfatti con la prova inconfutabile: «Pachita!».

«Sì! Ha detto che tu e sua mamma vi telefonate spesso!».

Pachita, la figlia di Chico, a quei tempi era solo una ragazzina, e quella per Jacob non fu la prova certa della sua tresca con la cognata – che abitava in una città a centinaia di chilometri da dove abitava lui – sbattutagli lì dopo averlo fatto andare di corsa nella casa della madre nella quale lo aspettavano tutti e tre per degradarlo da capotavola a figlio e fratello fedifrago, ma fu comunque la prova certa – questo sì – che

Pachita interveniva, aggiungendo un suo carico da novanta, nei discorsi che suo padre Chico faceva contro di lui, nella sua personale scalata.

Eppure quando era nata quella bambina, da una situazione ancora illegittima, Jacob le volle subito un bene dell'anima perché era la figlia del suo fratellino Chico. Per il suo battesimo le aveva regalato una copia preziosa del Vangelo. Non aveva mancato però di dire al fratello che nella loro famiglia non erano mai nati figli prima del matrimonio.

Quel regalo per sua figlia piacque così tanto a Chico che la volta successiva che si videro con Jacob, gli disse: «Sai, ti ho copiato il regalo che hai fatto a Pachita, ho fatto la stessa cosa per il battesimo del figlio di un mio conoscente». Jacob pensò che era un vero peccato che lui, da zio, avrebbe voluto che quel suo dono restasse unico, per la nipote, e il padre invece lo aveva inflazionato subito, alla prima occasione, col primo che gli era capitato.

In ogni modo le aspettative che Jacob si era fatto sul futuro illuminato della nipotina furono intaccate quando, appena ragazzina, si era voluta intromettere in quella partita contro di lui, inventandosi quella relazione con sua madre, tanto per tenere banco anche lei nelle discussioni di famiglia.

Così lui era il traditore della famiglia – ne avevano le prove – aveva parlato Pachita, la voce dell'innocenza; il sorpasso del fratello minore, infine, era compiuto.

«... E poi... meglio che Jacob non venga più a passare le feste dalla mamma... Altrimenti si parla sempre solo di lui e delle sue cose». Questo un giorno disse Chico, venne a sapere Jacob dalla madre.

Il posto da capotavola, a Chico, non glielo tolse più nessuno in famiglia. Se l'era guadagnato nel campo.

Dolores

La sorella, ancora più piccola di Chico, appena grandicella si fidanzò e si sposò quando la famiglia era già a Santa Fe e Jacob la frequentava solo di tanto in tanto preso dalle sue vicende e anche per via della distanza. A Dolores, la mamma, fino a quando era ancora in forze, era servita per tenere la sua bambina, poi quando si separò dal marito, e la bambina era ormai più grandicella, non le serviva più anche perché questa la rimproverava quando qualche volta invece di passare il tempo libero con la figlioletta lo passava per i fatti suoi lasciando la bambina sola a casa; la madre stessa raccontava queste cose a Jacob. La vicinanza delle loro abitazioni per Dolores era diventata una condanna.

Più di una volta, visti i cattivi rapporti che ormai si erano creati tra loro fratelli – i due più giovani da una parte e Jacob dall'altra – in seguito ai fatti appena descritti e poi per quelli che riguardarono personalmente Dolores con la storia della sua separazione da un uomo che era un ottimo lavoratore e un ottimo giovane padre di famiglia, questa disse alla mamma di farsi accompagnare da Jacob quando aveva bisogno di fare degli esami medici, perché era figlio anche lui e non poteva lasciare tutto il peso addosso a lei. La madre lo chiamava, ub-

bidiente e, anche con una certa soddisfazione, gli diceva: «Ha detto Dolores che sei figlio anche tu!».

È vero, era figlio anche lui, ma lui era rimasto ad Albuquerque mentre loro erano andate ad abitare fuori e con la separazione della madre dal loro padre erano diventate un tutt'uno.

Josepha

Josepha, dopo la separazione dal marito, era rimasta con la figlia Dolores a Santa Fe piuttosto che ritornare ad Albuquerque, che era la città che l'aveva accolta da sposina proveniente da Tegucigalpa. Jacob non aveva mai utilizzato la madre per tenere suo figlio; anzi, un giorno che era saltato in macchina ed era andato a trovarla per chiederle speranzoso se fosse voluta andare ad abitare con lui ad Albuquerque perché voleva provare a chiedere l'affidamento completo di suo figlio, e perché aveva saputo che lei era andata dal parroco a lamentarsi che era troppo sola (così avrebbe messo le due cose assieme sacrificando perfino la libertà di poter continuare a vivere solo a casa sua, che per uno scapolo di ritorno vale tanto oro) gli aveva risposto: «Io ce l'ho già una casa».

E quindi lui avrebbe dovuto prendersi un permesso dal lavoro di almeno un giorno e non di un'ora come se fosse stato lì nello stesso paese, partirsi da Albuquerque per andare a Santa Fe e accompagnarla dal medico o alla visita ambulatoriale, quando la sorella abitava a fianco a lei e che quando le faceva comodo le andava bene abitarle a fianco? Se fosse stato Jacob ad abitare accanto alla madre le avrebbe mai detto di telefonare a sua sorella per dirle che era figlia anche lei e che quindi doveva farsi chilometri per venire ad Albuquerque ad accompagnarla a fare la visita medica?

Un giorno, dopo un'altra telefonata di quel tipo, Jacob aveva chiesto alla madre il giorno e l'ora in cui sarebbe dovuta andare a fare l'esame, aveva chiamato l'assistenza pubblica di Santa Fe che nel giorno e nell'ora esatta si era presentata con la vettura attrezzata davanti alla porta della madre con degli addetti che l'avevano portata all'ospedale; le avevano fatto fare gli esami, l'avevano servita, riverita e coccolata.

Questo per metterli, tutti loro, madre e fratelli, davanti all'evidenza che la loro voleva essere solo una rottura di coglioni a lui.

La prima volta che poi era andato a trovarla, era passato dall'assistenza pubblica che aveva effettuato il servizio, e aveva pagato, con tanti ringraziamenti da parte sua e da parte loro, visto che esistono e vivono proprio per questo.

Quella volta Josepha era stata molto soddisfatta, e quando Jacob si era fatto raccontare come era andata, gli aveva detto anche che alla fine degli esami, quando era stata riaccompagnata a casa, quelli dell'assistenza le avevano chiesto se potevano fare qualcos'altro per lei e, non avendone più bisogno, gli raccontò: «Li ho congedati», accompagnando le parole con quel gesto della mano che a volte si fa per accomiatare qualcuno. Insomma si era sentita una vera signora.

"Ma vai a farglielo capire ai fratelli come si comporta la gente civile in caso di bisogno di assistenza sanitaria", aveva pensato Jacob.

Il problema Josepha

Come già detto, ormai la sorella considerava la madre una condanna, e più questa invecchiava, più come condanna la sentiva. Era andata anche da dei parenti per sfogarsi di questa situazione. E c'era sempre il fatto che standole vicina era controllata dalla buona vecchietta che le faceva notare le cose che non andavano. A questo proposito bisogna far notare che Dolores si era separata dal marito non perché questo fosse un pezzo di merda, tutt'altro, ma perché lei voleva finalmente trasformarsi da crisalide in farfalla. Si capirà quindi come a una donna appena pervenuta alla condizione di farfalla la vicinanza della genitrice possa risultare molto ingombrante.

Naturalmente il rapporto col fratello Chico, diventato a pieno titolo capotavola col suo appoggio personale, si era rafforzato, anche a causa delle loro separazioni avvenute in progressione, a effetto ciliegia; una mano lava l'altra. Il fratello come avrebbe potuto pensarla diversamente da lei? Fu così che pensa che ti ripensa trovarono la soluzione per liberare la farfalla dall'ultima gabbia. Internare la mamma in un istituto per anziani.

Ecco la soluzione.

Così un giorno Dolores chiamò Jacob all'ora di cena, rispose la moglie dicendole che Jacob stava cenando, lui fece un cenno per dire che l'avrebbe richiamata subito, la moglie riferì. Quando riattaccò il telefono Jacob disse: «Te la senti, Alejandra, di far venire mia mamma ad abitare a casa nostra e poi magari troviamo una casetta per lei qui vicino?».

Non sapeva niente delle intenzioni dei suoi fratelli, ma conosceva i suoi polli.

Sua moglie gli rispose che non ci sarebbe stato alcun problema. Quindi, finito di cenare, chiamò Dolores che esordì dicendogli che doveva dirgli una cosa e che era disposta a sopportare le sue reazioni perché intanto aveva le spalle grosse. Gli disse che si stava interessando per mettere la madre in una casa di riposo lì dalle loro parti, che si era informata per quanto riguardava la retta da pagare, che la retta sarebbe stata naturalmente coperta in parte dalla pensione stessa e che per quanto riguardava la differenza potevano mettercela loro fratelli anche in considerazione del fatto che la mamma aveva da parte qualche risparmio che sarebbe finito a loro. Naturalmente, aggiunse, l'altro fratello era già al corrente di tutto ed era d'accordo. Jacob rispose che aveva immaginato che la sua telefonata vertesse su qualcosa del genere ed era già d'accordo con sua moglie Alejandra che mamma sarebbe andata subito ad abitare con loro e che poi l'avrebbe sistemata in qualche casetta vicino a loro. Le disse poi che sarebbe andato a prendere mamma per farla stare qualche giorno a casa sua per proporle il trasferimento da lui, ad Albuquerque. Infatti chiamò la madre informandola che sarebbe andato a prenderla per farla stare qualche giorno con lui e Alejandra, lei accettò.

La prima cosa che Josepha disse appena salita in macchina fu: «Sai che i tuoi fratelli mi vogliono mettere in una casa di *riposo?», e proseguì raccontandogli anche che l'altro fratello, Chico, era andato da lei facendosi centinaia di chilometri con la scusa di andare a trovarla, poi con noncuranza aveva chiesto di accompagnarla dal suo medico. Ma l'intenzione inconfessata era (e lei l'aveva capito) quella di convincere il medico a convincere lei che doveva andare in una casa di riposo (poi Chico disse a Jacob che comunque lo avrebbe avvisato prima di internarla – bontà sua – e la casa di riposo poteva essere dalle sue parti, piuttosto che vicina a Dolores, per lasciarla più libera, povera ragazza). Alla fine, con le lacrime agli occhi, Josepha gli disse: «Come glielo dico ai miei fratelli nell'Honduras che i miei figli mi mettono in un istituto?».*

In quel momento a fianco a Jacob c'era una piccola vecchietta coi capelli bianchi, e se la ricordò giovane e bella ad Albuquerque, come in una fotografia che conservava, lei aveva ventisei anni, lui sei: erano nei giardini di fronte al bar che lei gestiva insieme al marito. Vide una vecchietta che da ragazza era partita da Tegucigalpa con tante speranze seguendo un marito che poi non le fece fare certo una vita rosea e alla fine la depositò a Santa Fe, mentre lui ancora da anziano volle continuare da solo a inseguire il sogno di avere altre donne, altri Eldorado. A Jacob gli si gonfiò il cuore di pianto e le disse: «Ti giuro che finché sono vivo io tu non andrai mai in una casa di riposo».

Con sua mamma non era mai stato quello delle moine, al contrario dei suoi fratelli, come non lo era mai stato con nessuno, ma se le moine servono per poi scaricarti in un ospizio, preferiva essere quello che era.

Per inciso, in seguito Jacob riferì al fratello che mamma gli aveva detto della sua visita a lei per farla convincere dal medico ad andare in una casa di riposo. Chico ci era rimasto secco e – con quella sua parlata da texano di adozione (abita-

va da anni a El Paso) – gli aveva risposto: «Ah! Ti ha detto anche questo?». "Sì", pensò Jacob, "aveva capito che la tua premura di accompagnarla dal medico non era tanto o solo per la sua salute, quanto per potere liberare la farfalla dalla sua presenza", e Jacob aveva capito pure che c'entrava anche il complotto di tutt'e due i fratelli per allontanarla ancora un po' da lui, in un piano complessivo di completa estromissione del primogenito; da parte loro, i figli delle moine.

Quindi Josepha aveva passato qualche giorno a casa di Jacob ad Albuquerque e lui le disse che se voleva poteva venire a stare con loro, piuttosto di essere internata in un istituto, mentre nel frattempo – essendo casa sua sufficiente appena per due persone – le avrebbe cercato una sistemazione vicino a loro, a lui e Alejandra.

Josepha rispose che ci avrebbe pensato bene, lui la riaccompagnò a casa sua a Santa Fe e si diede da fare.

La sorella che sapeva che non ci aveva fatto una bella figura, lo richiamò per spiegarsi... Lui la bloccò subito dicendole che per quello che lo riguardava ormai i loro rapporti potevano esistere esclusivamente in funzione di notizie sulla salute di mamma e che subito dopo non ce ne sarebbero mai più stati. Ma le raccomandò: «Finché la mamma è viva dobbiamo continuare a sentirci».

Fu pesante per lei (ma era quello che Jacob voleva), gli chiuse il telefono.

Jacob si era dato davvero da fare per trovare una casa dalle sue parti e l'aveva trovata a venti metri da casa sua ad Albuquerque. Aveva già pensato a come organizzarsi: essendo così vicini sarebbe andata a pranzo e a cena da loro, e lui la sera tornando dal lavoro sarebbe passato a casa sua per rassettarle casa. Se con la vecchiaia non fosse più stata autosuffi-

ciente l'avrebbe accudita lui, senza fare pesare il tutto a sua moglie Alejandra. Per accompagnarla agli eventuali controlli non avrebbe certo fatto chiamare sua sorella a Santa Fe per farle dire che era figlia anche lei, e la differenza della spesa dell'affitto tra la casa in cui abitava e quella nuova l'avrebbe pagata lui. Tutto a posto.

«Mamma? Ascolta, ho trovato una casa qui che fa proprio al caso nostro, è a venti metri da casa mia e...» e le disse come intendeva organizzare il tutto. Restarono che l'avrebbe richiamata il mercoledì per dare la conferma alla proprietaria dell'appartamento.

La richiamò il mercoledì, ma lei disse che non sarebbe andata ad abitare lì vicino a lui perché non se la sentiva e poi non sapeva come fare per il trasloco dei mobili (perché i fratelli le avevano messo in testa che lui, così degenerato come era, senz'altro non si sarebbe fatto venire il sudore alla fronte per aiutarla nel trasporto dei mobili).

«E poi i tuoi fratelli hanno paura che essendo lì vicino a te loro non possano venirmi a trovare».

Peccato che Jacob la sua vita l'aveva passata tra un trasloco e l'altro dei suoi genitori quando i fratelli non erano ancora nati, e negli anni Cinquanta/Sessanta ci si arrangiava da sé, facendo a meno di imprese di traslochi specializzate, magari legando gli armadi e i comò sul portapacchi della macchina; e anche dopo quegli anni, quando ebbe una vita sua, perlomeno dovette preparare sempre decine e decine, se non centinaia, di scatoloni. Non avrebbe certo lasciato la vecchietta a curarsi da sola un trasloco, per quanto di poco conto fosse e in quella situazione.

Nonostante tutto erano riusciti a convincerla a non accettare di andare a stare vicino a lui. Vicino al fratello orco, il fratello fedifrago; e lei si era convinta, nonostante la spada di

Damocle perennemente sulla testa del ricovero in un istituto per anziani.

Jacob non aveva preso bene la cosa e aspettava che gli eventi gliela riconducessero in lacrime per farsi consolare e poi tornare, fedele, da loro, i figli modello. Ma non fu così.

Ricovero in ospedale

Passò del tempo e un giorno, nella pausa di lavoro di mezzogiorno, Jacob ricevette una telefonata dalla sorella. Era di martedì, lo informava che la mamma il sabato precedente era caduta e da allora non si era più ripresa bene, che voleva chiamare il medico e se fosse stato il caso portarla all'ospedale (e nei tre giorni che erano passati dal sabato come si era interessata dello stato della mamma dopo la caduta, pur abitandole a fianco, se adesso si trovava in quelle condizioni?). Mise da parte la delusione che mamma gli aveva procurato non avendo accettato di andare a vivere vicino a lui e rispose a Dolores che sarebbe arrivato al più presto, infatti passò da casa a prendere la macchina, perché in ufficio ci andava in moto, e andò.

Sua moglie volle andare con lui. La trovò davvero in condizioni preoccupanti, ma oltre alla caduta che le procurava un dolore al fianco, era la testa che non andava, non ragionava lucidamente. Poi Jacob seppe che quella non era stata la prima caduta. Arrivò il medico, la visitò e fece per andarsene pensando che forse quella era stata la sua ultima visita a quella paziente.

Lo avevano fermato dicendogli che non poteva lasciarla in quelle condizioni e che avrebbero dovuto portarla all'ospedale.

Allora lui si diede da fare e telefonò per farla ricoverare. La portarono all'ospedale.

Stettero al pronto soccorso fino a notte inoltrata a seguire tutti gli esami.

Alla fine avevano dovuto lasciarla lì in attesa che si liberasse un letto in qualche reparto. Jacob tornò ad Albuquerque che erano le 03:15 di mattina (tutte le date e gli orari che seguirono quel ricovero sono annotati in un'agenda di Alejandra nella quale scrive gli eventi importanti che capitano) e dopo poche ore andò regolarmente in ufficio. Il pomeriggio prese un permesso dal lavoro e invece di andare da lei all'ospedale di Santa Fe in auto andò in treno perché, eccezionalmente per quello Stato, nevicava e voleva evitare di fare tutti quei chilometri all'andata e altrettanti al ritorno in piena notte con le strade coperte di neve; la notte precedente in quella situazione, tornando ad Albuquerque era stato un problema e aveva dovuto superare un posto di blocco della polizia che fermava tutte le auto per impedire di proseguire il viaggio se non avevano montate le catene da neve; fermò anche lui, e gli agenti – senza chinarsi, da sotto l'ombrello – gli chiesero se avesse le catene, rispose di sì e lo lasciarono proseguire, ma le catene non c'erano per niente: l'ultima cosa che aveva potuto pensare quando prese la macchina per andare a Santa Fe era di prendere le catene.

La madre era in un lettino in un reparto. La trovò sveglia, ma non fu più completamente lucida, lo era a sprazzi.

Quella sera Dolores credette opportuno (da buona figlia che stava rinchiudendola in una casa di riposo) fermarsi all'ospedale per la notte cominciando a dare segni di fastidio sul fatto che lui non si fermasse a Santa Fe a casa sua (da *quelle parti) per magari fare la notte lui invece di farla fare a lei. L'indomani, giovedì, la situazione stradale era migliorata ed era andato in macchina e visto che la sorella aveva deciso che si dovevano fare le notti (furono gli unici a fare le notti, tutte, in quel reparto; ma forse gli altri figli non dovevano dimostrare a nessuno, tanto meno a un fratello fedifrago, l'immenso amore che avevano nei confronti dei loro congiunti anziani e moribondi che – ma questo gli altri non lo dovevano sapere – stavano per scaricare in un istituto), si fermò lui.*

Tornò a casa ad Albuquerque alle 07:35 dell'indomani, posò le spalle dieci minuti sul letto perché era distrutto e andò in ufficio.

L'azienda presso cui lavorava Jacob ormai da quindici anni, un'agenzia di servizi terziari, era in crisi e il numero dei dipendenti era diventato eccessivo in confronto alla quantità di lavoro. Ognuno dei dipendenti cercava di non dare adito al datore di lavoro per la benché minima scusa che gli permettesse di sbarazzarsi di loro. Nonostante ciò per tutti quei giorni in cui fece le notti all'ospedale di Santa Fe tornando il mattino a lavorare ad Albuquerque, senza aver dormito, tollerò i suoi ritardi di qualche mezzora qualche volta.

Venne il venerdì, quindi, e giunse dalla sua città a centinaia di chilometri Chico, che perpetrò la regola imposta dalla sorella: bisogna fare le notti, e lui poteva solo durante i fine settimana, perché, disse: «Se potessi prenderei dei giorni di ferie, ma non ne ho più».

Com'è, come non è, Chico, il mese successivo, o l'altro, a cose finite, si prese un bel po' di giorni di ferie e, anche con l'aiutino dei soldi che aveva lasciato loro la mamma – giusta-

mente – si fece una bella crociera fino in Spagna, per ritemprarsi lo spirito.

A Jacob in quell'occasione era venuta in mente la storiella di quel tizio che all'amico aveva raccontato: «Mio padre un giorno mi ha portato a vedere un bel panorama e mi ha detto: "Guarda! Tutto quello che vedi un giorno sarà tuo"», e l'amico gli aveva risposto: «Anche mio padre un giorno mi ha portato a vedere un bel panorama e mi ha detto: "Guarda!"».

Forse c'entra poco con quella storiella, ma anche Jacob qualche mese dopo fece un viaggio; anche lui, dunque, per ritemprarsi lo spirito, ma vagò in un lungo viaggio senza meta, in moto, attraversando nazioni a lui fino ad allora sconosciute, dormendo in ricoveri di fortuna e mangiando scatolette di tonno e biscotti che si era portato dietro; e avrebbe potuto rispondergli, riferendosi alla storiella: «Anche a me la mamma ha lasciato i soldi per un viaggio...» con la frase lasciata in sospeso, come il bambino più sfortunato della storiella; ma era un'altra storia.

Quella notte la fece Chico; non si incontrarono perché Jacob dopo essere tornato a casa sua alle 07:35 del mattino ed essere andato comunque al lavoro, quella sera, si riposò. L'indomani mattina alle 05:00, sabato, si alzò per andare a Santa Fe a dare il cambio al fratello (poiché la regola era che dovevano starci 24 ore su 24).

Li trovò tutt'e due, i fratelli; e Chico, anche al capezzale della mamma moribonda si era atteggiato a capotavola, salutandolo appena con un cenno della testa senza girarsi completamente e standosene seduto. Si capiva benissimo che era una recita per aumentare il suo indice di gradimento nei confronti *della sorella e farle nel contempo capire che il suo investimento (della sorella nei suoi confronti) era stato giusto. Infatti tremava ed era rosso; stava forzandosi a fare qualcosa a esclusivo beneficio della soddisfazione della sorella, ma che avrebbe fatto volentieri a meno di metterla in atto perché non ne aveva la forza sufficiente. Piccoli uomini crescono.*

In un'altra occasione aveva avuto un atteggiamento simile; quando Jacob era andato ad abitare nella casetta nuova ad Albuquerque con Alejandra. Dolores gli aveva descritto la casa e Chico un giorno al telefono gli aveva detto che sarebbe andato volentieri a vederla.

Capitò l'occasione che Chico andò a trovare la loro madre a Santa Fe e dovette andarci anche Jacob perché dovevano firmare dei documenti da un avvocato o un notaio. Il fratello minore si era preso qualche giorno dal lavoro, quindi aveva del tempo. Sbrigata la pratica, davanti al posteggio dov'erano le loro auto, Jacob gli aveva detto: «Visto che ci sei perché non vieni a vedere la mia casa nuova?», c'era anche la sorella, Chico rispose: «No, preferisco stare con la mamma», risoluto.

Si fermò quindi per dargli il cambio durante il giorno e nel pomeriggio arrivarono di nuovo tutt'e due, Chico e Dolores, in coppia. Chico dopo aver dato la mattina dimostrazione a sua sorella che era sempre il facente funzioni di capotavola, accolse Jacob con sorrisi e abbracci, come faceva quando era un ragazzo. Parlarono tutt'e tre della situazione e Chico tornò a El Paso e al suo lavoro. Rimasero Jacob e la sorella e si misero d'accordo che lei, sul posto, avrebbe cercato qualcuno che facesse le notti al capezzale della loro madre o in alternativa avrebbe detto alle infermiere di prepararla per la notte con dei calmanti in modo che potesse passare la notte tranquilla anche da sola. Venne anche fuori che proprio lì vicino all'ospedale c'era un servizio di assistenza notturna.

Non rimaneva che darsi da fare in quel senso e anche se ci fosse stato da pagare qualcuno non sarebbe stato neppure un grandissimo problema in quanto sapevano della cifra che la madre aveva messo da parte per loro. Alla fine comunque Jacob, nonostante la distanza da Albuquerque all'ospedale di Santa Fe, nonostante la sua età in confronto a quella dei fratelli, nonostante il rifiuto della madre di andare ad abitare vicino a lui per essere accudita e servita come si sarebbe dovuto fare a una genitrice, diede la sua disponibilità a fare la sua parte di notti nel caso improbabile che le ipotesi della persona a ore o dei calmanti per la notte non fossero state praticabili.

Come dicevamo era sabato, tornò ad Albuquerque con l'accordo che lei lo avrebbe chiamato l'indomani sera, domenica, per riferirgli e vedere quindi il da farsi. La chiamò lui perché lei tardava a farlo, lei gli riferì senza convinzione, ma pareva che avesse messo arbitrariamente da parte qualsiasi soluzione che non fosse, solo ed esclusivamente, la presenza notturna dei figli.

La chiamò ancora l'indomani mattina, lunedì, per sapere se si sarebbe continuato a fare le notti e per dirle che nel caso avessero continuato a farle loro, e non una persona addetta, lui si sarebbe messo a disposizione e sarebbe andato. Gli rispose titubante di andare pure.

Dopo qualche minuto lo richiamò per dirgli che non c'era bisogno che andasse perché, non glielo aveva ancora detto ma, nel frattempo, aveva chiamato l'altro fratello chiedendogli di mandare ad aiutarla la figlia, che all'epoca era impegnata negli studi. Le rispose piccato che non c'era alcun bisogno di coinvolgere nella sua caparbietà di dover passare le notti al capezzale della loro madre anche qualcun altro facendole fare duecento chilometri in un momento che, credeva, stesse anche preparando degli esami. Senza contare che aveva volutamente messo da parte la soluzione dell'infermiera notturna a ore, altrimenti come poteva dire che si stava sacrificando per la madre? E come poteva piangere col fratello Chico che era sola ad affrontare quella situazione?

Comunque Jacob le disse che se era così e se quindi veniva a darle man forte la nipote mandata in soccorso suo, povera donna, era inutile che fosse andato anche lui. L'indomani mattina, martedì, la chiamò di nuovo per sapere come era andata la notte e le disse che comunque la sera sarebbe andato lui. Dolores rispose che non c'era bisogno che andasse perché si erano organizzate con la nipote e la supervisione del fratello, che organizzava tutto da duecento chilometri. Non si diventa capotavola per niente.

Jacob disse di no perché le aveva già detto che sarebbe andato lui e che la nipote poteva tornarsene ai suoi studi, non c'era stato alcun bisogno che fosse chiamata in aiuto.

Ma lei si era messa in testa di estrometterlo.

Aveva organizzato il tutto in funzione della rivincita alla famosa telefonata nella quale Jacob le aveva annunciato che visto che il suo, il loro, comportamento nei riguardi di mamma era stato vergognoso, i rapporti con loro sarebbero finiti immediatamente dopo la morte della stessa.

In quel frangente non sapeva come venire fuori dalla situazione che aveva creato con Jacob, Chico e Pachita; e la buttò in caciara urlando al telefono in modo bisbetico: «Se hai chiamato per litigare sappi che mi hai trovato!».

«Ma no, Dolores, non ti ho telefonato per litigare, ti dico solo che vengo a passare la notte all'ospedale, perché erava-

mo rimasti così nel caso non ti fosse andata bene la soluzione dell'infermiera notturna o quella dei calmanti per la notte».

«Non mi hai detto che saresti venuto, non l'hai detto, non l'hai detto, non l'hai detto...». Lo doveva convincere che non l'aveva detto e che invece magari le aveva detto di arrangiarsi da sola. Come avrebbe potuto spiegare all'altro fratello – peraltro d'accordo con lei – che fare venire sua figlia a Santa Fe era solo una manovra per confermare che Jacob se ne fregava e lei era sola, stanca e afflitta ad affrontare la situazione? E continuò a ripeterlo urlando, come un disco incantato, che non era vero, che non era vero, che non era vero.

Una collega che lavorava in stanza con Jacob, che anche non volendo aveva sentito il tutto e aveva ascoltato – per forza di cose – anche le telefonate precedenti, dal suo posto si sentì di dire: «È vero che le hai detto che saresti andato tu, l'ho sentito anch'io!». Ma Dolores, al telefono, urlava che non era vero e piangeva di rabbia, urlava e piangeva, di rabbia.

La telefonata finì così, Jacob le inviò un sms che diceva: "Faccio finta che non ci sia stata questa telefonata, stasera vengo io a fare la notte, come d'accordo".

Nella pausa pranzo chiamò al cellulare sua nipote, Camila, figlia di Dolores, una ragazzina a cui voleva bene e che pochi mesi prima era voluta andare a passare qualche giorno da lui e sua moglie sfogandosi anche un po' sui rapporti che aveva avuto poco prima con l'altro zio, Chico. Una ragazzina che da piccola suo padre aveva portato a una mostra d'arte di Jacob, per farle capire che nella vita si poteva essere anche artisti, pur venendo dal niente. Le chiese il numero di telefono dello zio Chico perché l'aveva cancellato dal suo cellulare da un bel po'. Voleva sentirlo in occasione della stronzata che aveva organizzato sua sorella che aveva voluto coinvolgere anche sua (di lui) figlia Pachita in una cosa che riguardava solo loro adulti.

Camila gli rispose che al momento non l'aveva a portata di mano, ma non si lasciò sfuggire l'occasione per guadagnarsi – anche lei – i galloni sul campo nella faida familiare contro di lui.

Lo richiamò dopo una mezzora dicendogli che sua mamma le aveva detto di dirgli che non doveva coinvolgerla nelle loro storie da grandi e che lo zio Chico le aveva detto di riferirgli che non aveva piacere che lui avesse il suo numero di cellulare.

Evidentemente lo zio Chico si era dimenticato che se Jacob non aveva più il suo numero era perché era stato Jacob stesso ad averlo cancellato dalla rubrica del cellulare; aveva dimenticato altresì gli abbracci fraterni elargiti il sabato precedente, al capezzale della madre morente. Evidentemente la sorella stava lavorando bene. Ma qua si trattava di parlare di quello che si stava perpetrando ai danni di una donna in fin di vita, cercando di mettere in difficoltà il primo figlio. Le rispose solo: «Ma non ti ho coinvolto, Camila... ti ho solo chiesto il numero di cellulare dello zio...».

La sera andò, trovò sua nipote Pachita (la figlia del fratello giunta in soccorso della povera zia così bistrattata dal fratello maggiore così insensibile) pronta a passare la seconda notte al capezzale della nonna. "Ciao zio, come va, tutto bene, etc.". Arrivò anche Dolores, mise subito in mano alla nipote un panino che le aveva preparato, perché a Jacob fosse chiaro che lui non avrebbe fatto la notte. Jacob la salutò come se niente fosse e la invitò a prendere amichevolmente un caffè al distributore automatico. Lei accettò, ma con altre mire.

Quando furono lì Jacob le chiese, ma sempre con gentilezza, da fratello maggiore – da uomo di cinquantotto anni – perché mai stesse cercando di metterlo in difficoltà approfittando della delicata situazione di mamma. Non rispose che doveva fargliela pagare. Lo sfidò con gli occhi stretti, coi suoi capelli non più castani – come quando era una ragazza, come quando era sposata a un brav'uomo – ma biondo platino, crespi e con un taglio da figa, magari un po' passatina coi suoi quaranta-quattro anni, ma non tutte le crisalidi diventano farfalle a quindici/vent'anni. Lei aveva avuto bisogno di più tempo e di un marito da scartare e poi di un altro uomo da scartare, credo fosse al terzo, all'epoca, ufficialmente.

«Non penserai di tornare su dalla mamma adesso!?».

«Ma cosa stai dicendo Dolores, ma ti rendi conto con chi stai parlando?».

«Tu adesso non sali più dalla mamma perché io te lo impe-disco!».

«Dolores, ragiona, sei sconvolta. Ma tu pensi proprio che se tu decidi che io non debba vedere più la mamma moribon-da, io me ne vada con la coda tra le gambe?».

Lei continuò gridando sempre di più.

«Tu ora non sali e la mamma non la vedi più!».

Jacob non era un tipo manesco, aveva fatto a pugni qual-che volta da ragazzo e una volta si era meravigliato di vedere barcollare un mezzo delinquente – perlomeno questo lui aveva dato a intendere di essere – in seguito a un suo pugno che lo aveva colto sul mento; ma non poté trattenere uno schiaffo, pesante.

«Aaah! Picchi le donne? Comunque non ti faccio salire!».

Continuò gridando e sventagliando una mano verso la fac-cia di Jacob, agganciandogli gli occhiali da vista, che cadde-ro; poi seppe che si vantò di averlo schiaffeggiato anche lei, la sorellina piccola che si vanta di aver schiaffeggiato il fratello-ne di ottanta chili.

Ormai non era più la sorella minore, era un mostro che do-veva averla vinta anche a costo della dignità di un uomo di cinquantotto anni le cui colpe erano solo quelle che stava cercando di costruirgli addosso lei per vendetta.

"A costo della mia dignità" pensava Jacob, *"perché la sua l'aveva già persa chissà quando".*

Come avrebbe potuto, poi, resocontare l'altro fratello e la nipote fatta arrivare dalla sua città dicendo: «Sai! Non l'ho più fatto salire e se n'è dovuto andare, così impara». No, non poté dirlo, eppure lo conosceva, doveva saperlo che sarebbe stata un'impresa impossibile. Dovette darle un altro schiaffo un po' per calmarla, un po' per farle capire che aveva sbagliato tutto.

Dolores si stava giocando il tutto per tutto, era diventata la partita della sua vita. Non si dava per vinta insistendo che non lo lasciava salire da sua mamma facendo andare anche disordinatamente le sue braccia contro di lui; dovette afferrarla per gli indumenti, dalla schiena e dal sedere, e la depositò tra il bidone della spazzatura e il muro, a testa in giù; se il bidone fosse stato aperto ci sarebbe finita dentro con tutte le scarpe e non avrebbe trovato che ci stonasse, lì dentro.

Si girò con gli occhi sbarrati meravigliata di tale forza che Jacob non aveva mai esibito prima e continuò: «Aaah! Allora oltre agli schiaffi c'è anche la commozione cerebrale». Stava ripetendosi quello che avrebbe voluto dire poi, nella denuncia che aveva deciso avrebbe fatto e si stava già facendo i conti di quanti anni di galera avrebbe potuto fargli prendere.

Poi gli afferrò un braccio trattenendolo per la camicia e si mise a urlare con una voce acutissima, come un'aquila, e fece un po' come fanno le donne arabe per richiamare l'attenzione nei casi particolarmente drammatici della loro vita o della loro comunità. In quel momento Jacob pensò che avesse fatto un corso per trattenere qualche eventuale aggressore e che lo stesse mettendo in pratica adesso, contro di lui, il fratello.

Infatti lo trattenne per parecchi minuti non cessando un attimo di emanare quella specie di ultrasuoni, senza che lui, del resto, provasse a divincolarsi perché non doveva scappare da niente e tutto sommato era calmo e compassato. Arrivò finalmente qualcuno, dopo un bel po' – che nel frattempo avrebbe potuto benissimo mandarla affanculo, o sistemarla definitivamente – accorrendo a quelle grida lancinanti, come da lei fortemente cercato e come da lui atteso con rassegnazione e fin troppa pazienza.

Continuò a urlare: «Mi ha picchiato! Mi ha picchiato! Dopo tre giorni che non si è fatto vedere dalla madre in fin di vita! Non vuole bene a sua mamma! Mio fratello mi ha picchiato!». Per la precisione quei tre giorni erano: la domenica in cui lei doveva interessarsi per l'infermiera notturna, il lunedì in cui gli aveva impedito di andare a causa del soccorso della nipote, e il giorno presente in cui fino a prova contraria Jacob era lì. Insomma la sua speranza era che qualcuno lo afferrasse, chiamasse i carabinieri e lo facesse portare via, magari con le manette.

"Quando si dice fratelli...", pensò Jacob.

Quei quattro che erano arrivati videro lo stato d'agitazione di Dolores, la sua scompostezza nel trattenere Jacob per il braccio in una posizione piegata e contorta, videro che lui non si divincolava per scappare perché era l'ultima cosa che avrebbe fatto al mondo, videro anche la cattiveria che traspirava da tutti i pori di Dolores. Le gettarono uno sguardo e non si rivolsero a lei... ma chiesero: «Lei è il fratello?».

«Sì!», rispose Jacob «È solo un po' agitata».

«Nooo! Tu sei il pazzo!», gridò lei.

La guardarono con aria di commiserazione pensando che fosse una donnaccia in preda ai fumi dell'alcol – perché quello

era il suo aspetto – e in cuor loro pensarono: "Povera stron-
za", e se ne andarono.

Rimasti di nuovo soli nella stanzetta del distributore del
caffè ed espletato il compito di farsi trattenere buono buono
da lei, in attesa di qualcuno che gli desse una lezione e lo con-
segnasse ai carabinieri – cosa che non accadde perché la gen-
te per bene si sa riconoscere – Jacob andò all'ascensore per
tornare da sua madre, lei gli si mise davanti a ostruirne la
porta, lui la spostò, secondo lui delicatamente, ma la vide vo-
lare come un fuscello contro la parete opposta del corridoio e
atterrare sul pavimento, come nei film giapponesi, o cinesi che
siano, di Kung Fu. Questa volta fu lui stesso a meravigliarsi
della sua forza insospettata, della sua calma assoluta e della
compostezza nello sbrigare quelle faccende.

Premette il pulsante del piano, tornò in stanza. Disse a sua
nipote: «Mi dispiace, non avevo intenzioni cattive, volevo solo
parlarle con calma». Pachita capì che era successo qualcosa, se
lo aspettava, la zia le aveva senz'altro preannunciato le sue in-
tenzioni. Provò a stare un po' lì per vedere se arrivava anche lei.

La zia non arrivò e non poté mantenere la promessa che
non avrebbe fatto tornare Jacob da sua mamma; facendo in-
vece una figura di merda come quei gradassi che si prefiggono
di spaccare una serie di mattoni col taglio della mano e ci
provano una, due, tre, quattro volte non riuscendoci fino a
quando finiscono con la mano massacrata al pronto soccorso.

Infatti lei andò al pronto soccorso per fare vedere il segno
delle dita di Jacob sulla sua guancia – che pare si distingues-
sero molto bene – e per denunciarlo; probabilmente vedendo
il suo stato di persona non perfettamente in sé e l'aspetto
sconvolto di qualcuno in preda ai fumi dell'alcol, la dissuasero, o
proprio non raccolsero la denuncia.

La nipote Pachita a un certo punto disse: «Beh! Allora io vado», aveva capito che non era cosa che lei rimanesse lì a fare la notte.

Per quanto riguarda Dolores la serata non finì lì. Sconfitta, si precipitò a casa sua e, mentre Jacob si apprestava a vegliare mamma al suo ultimo capezzale, lei telefonò subito a sua moglie per dirle che lui l'aveva picchiata: «E tu rimani ancora con un uomo che picchia le donne? Quindi approvi quello che ha fatto?», le chiese.

Non era riuscita a vincerlo per diritto, ci provò per traverso, incitando Alejandra – già seconda moglie di Jacob – a lasciarlo. Telefonò anche a una cugina raccontandole che il suo amato cugino l'aveva picchiata e così via. Nei giorni successivi fece anche il giro dei parenti, i quali poi telefonarono a Jacob per congratularsi per aver fatto quello che doveva.

Alejandra, naturalmente, alla telefonata di Dolores si era messa in agitazione e passò la notte in bianco, perché da Jacob invece aveva ricevuto un sms con scritto che andava tutto bene, che c'era stato solo un piccolo problema, e terminava con un tranquillizzante "tutto risolto".

Alejandra è quanto di più lontano possa esistere da queste faide familiari.

Ma finita la notte all'ospedale Jacob tornò a casa solo per lasciare l'auto e prendere la moto per andare in ufficio e non poterono parlare, così lei lo andò a trovare in ufficio nel pomeriggio per sapere com'era andata davvero la sera precedente.

Fu lì che Jacob seppe della telefonata della sorella per convincerla a lasciarlo perché picchiava le donne. Ma non riuscì a stupirsene. La sera precedente aveva assistito al peggio che esiste al mondo.

Si era arrivati al mercoledì 17 dicembre.

Poco dopo, dopo aver preso il solito permesso dal lavoro, Jacob fu di nuovo all'ospedale. Trovò la figlia del fratello e la figlia della sorella, le due cugine della faida contro di lui, intente a dare dimostrazioni d'affetto nei confronti della nonna moribonda. Una le parlava da un lato del lettino, l'altra dall'altro lato, senza un minimo di soluzione di continuità.

Era una gara a chi fosse più affettuosa. Non lo salutarono, per loro era un fantasma. Il loro atteggiamento così poco rispettoso nei confronti della malattia della nonna lo infastidì, era rivolto solo a lui; il loro interesse era solo lui, dovevano fargli vedere come si vuole bene alle mamme e alle nonne e come ci si dà da fare in queste situazioni. Quell'atteggiamento infastidiva anche la malata che, non potendone più di quel continuo parlottarle stereofonico, lanciò un accorato e supplichevole: «Ma basta, per favore, parlarmi in continuazione! Lasciatemi stare...». Era in un momento di lucidità, ma la stavano facendo rincretinire.

Arrivò la farfalla, si misero a parlottare tra loro con l'intento di far sapere a Jacob che il venerdì sarebbe arrivato di nuovo l'eroe dei due mondi: El Paso e Santa Fe, e avrebbe fatto, bontà sua, la notte. Quando se ne andarono, considerato che la situazione riguardava pur sempre la madre malata, Jacob disse: «Volete che per aggiornarvi sulla glicemia vi mandi un sms coi valori?» (come comunque aveva fatto le notti precedenti, mentre loro non lo aggiornavano sulla evoluzione della situazione). Non gli rispose nessuno e neppure si voltarono, continuarono la loro uscita dalla stanza in gruppo e appena fuori di vista le sentì sbottare in una risata.

Pensò che brutta gente fosse. Ma non si disperò più di tanto perché valutò che si erano creati una situazione infernale nella quale solo la farfalla poteva trovarsi a proprio agio; le ragazze, quella più grande e quella più piccola, stavano soltanto emulando il comportamento dei loro congiunti più prossimi, mettendoci anche qualcosa di sé, certo, per compiacere i grandi.

Giovedì stessa storia, il mattino, tornato dalla notte a Santa Fe, Jacob andò in ufficio e la sera ancora all'ospedale per la notte. Ormai cercava di chiudere gli occhi solo un po' in ospedale su una sedia quando poteva, ma spesso era a coccolare sua mamma massaggiandole il fianco che le faceva male. Una volta in un barlume di lucidità Josepha gli disse: «Grazie Jacob, tutto questo tuo padre non l'ha avuto».

Povera donna, non poteva sospettare cosa gli altri suoi figli avevano messo in atto contro di lui per vendetta, approfittando della sua malattia, visto che aveva scoperto la tresca per mandarla in una casa di riposo e le sceneggiate dal suo medico per farla convincere al loro scopo.

Ogni tanto Jacob parlava con l'infermiera di turno e qualche volta andava a prendere un caffè e una merendina alle macchinette e poi in un giardino a fumare una sigaretta, ma facendo in fretta perché non voleva perdersi niente degli sviluppi della situazione – che potevano essere solo negativi – era lì per quello. Ma in quelle occasioni ormai non sapeva più chi lui veramente fosse e se molto di quello che stava vivendo fosse realtà oppure allucinazione.

Il venerdì andò ancora, anche se parlottando tra loro gli avevano fatto capire che sarebbe arrivato l'altro fratello. Ma quella volta, durante il giorno Jacob passò dal suo avvocato, gli accennò brevemente la storia che per distogliere l'attenzione dalle loro malefatte mettevano in giro la voce tra i parenti che lui non si era interessato di sua madre (che come s'è visto non era assolutamente vero, documentato con date e fatti, e dagli avvenimenti, anche precedenti). Aggiunse che loro – che andavano lì di giorno e quindi potevano parlare coi medici – non lo aggiornavano mai sulla situazione e fece fare una diffida ai suoi fratelli dal continuare a mettere in atto tale comportamento.

Se ne era fatto dare due copie e le originali furono spedite per raccomandata. Appena arrivato all'ospedale la sera le mise in mano al fratello, che era lì che aspettava dall'ascensore, e gli disse di darne una a sua sorella. Combinazione era al cellulare con lei (che era al loro quartier generale, Santa Fe) e disse: «È arrivato Jacob, ma aspetta... mi ha messo due buste in mano... sono due diffide!?».

Chico disse che era venuto per passare la notte lì e che, lui, Jacob, avrebbe potuto fare a meno di venire. Lui rispose che nessuno lo aveva avvisato e che se lo avessero fatto si sarebbe risparmiato di fare duecento chilometri almeno quel giorno, Chico rispose che però loro se lo erano detto davanti a lui (sapeva tutto), ed ebbe ragione, il capotavola ha sempre ragione. Parlarono fino a mezzanotte circa. Chico disse che lui non avrebbe mai alzato le mani contro la sorella per nessun motivo nemmeno se gli avesse impedito di risalire su al capezzale della mamma morente; che comunque la loro sorella era stata brava a non denunciarlo perché aveva sentito il legame del sangue, che Camila aveva detto che se avesse avuto qualche anno in più lo avrebbe picchiato per vendicarla, che l'attuale spasimante della crisalide liberata aspettava solo un cenno per partire e picchiarlo – anche lui ne aveva voglia – e poi venne la perla: «Io non ti picchierò mai! Qualsiasi cosa tu possa farmi». In quel momento non si sentì più solo capotavola, ma fu re, imperatore, padre, papa, Dio.

- Il bambino a cui aveva pulito il culo da piccolo.
- A cui aveva preparato i biberon.
- Che aveva portato in spalla.
- Che aveva portato in braccio all'ospedale.
- Che portò poi via dall'ospedale coprendolo con la camicia che si era tolto lì.

- *Il giovane a cui aveva voluto essere d'esempio morale in mancanza di un padre capace di avviare i figli nella vita.*
- *Il giovane che aveva stimolato coi suoi interessi artistici e culturali.*

Quell'uomo, adesso gli diceva, dall'alto della sua moralità e magnanimità, per fargli capire quanto lui fosse diverso (in meglio naturalmente): "Io non ti picchierò mai!". Gli faceva la grazia. Nonostante gli avesse schiaffeggiato sua sorella: la loro sorella, più piccola ancora di lui:

- *Per la quale Jacob aveva litigato definitivamente con il padre quando si era permesso di osteggiare – meschinamente – il suo matrimonio (ma forse con ragione, vedendola col senno di poi, perché aveva cercato di mettere in guardia i futuri suoceri dal suo carattere cattivo e inaffidabile, ed evidentemente la conosceva bene).*
- *Che portò all'altare.*
- *Alla quale fece da padrino di battesimo alla figlia.*
- *Che vide diventare mamma e fu il primo a vederne la figlia, dietro i vetri, all'ospedale, come un nonno.*
- *Che volle considerare come vice mamma nelle loro riunioni familiari quando la loro madre cominciava a tirare i remi in barca a causa dell'età.*
- *A cui aveva ammirato e pure invidiato la sua famigliola e il suo modo di stare in seno alla famiglia, prima che sprigionasse la farfalla che teneva in sé.*
- *Per la quale quando partivano soli, con suo figlio, molto spesso, per andare a Santa Fe, diceva: «Andiamo dalla nonna e dalla zia Dolores».*

Ma già anni prima, al formarsi della faida contro di lui, in occasione delle loro separazioni dai loro rispettivi consorti (per la metamorfosi da crisalidi in farfalle), con le prime false accuse e coi primi "meglio che non ci sia Jacob alle cene di famiglia, nelle festività, altrimenti si parla solo di lui", Jacob aveva pensato, con amarezza: "Mi domando perché mai le malattie e i matrimoni malriusciti finiscono e i fratelli, invece, sono per sempre. Ma chi l'ha detta questa cosa? Legame del sangue? Per carità, mi sento molto più vincolato a dei semplici amici, senza alcun vincolo di sangue, ma con vincoli di affetto e stima veri, reciproci".

Chico gli disse ancora, con un tono paternale, ma conviviale, per farla passare meglio e come già digerita: «Se ti fossi dato più da fare non succedeva niente».

Una frase buttata lì senza né capo né coda, considerati gli eventi, ma lo faceva sentire superiore nel suo mondo in cui conta chi dice l'ultima parola anche se è una perfetta stronzata; in quel mondo più sei stronzo, più ti senti meglio. In quel mondo nel quale la verità non conta niente, anzi, per molti versi è perfino fastidiosa.

Non era mai stato il mondo di Jacob.

Per l'occasione gli venne in mente un'altra uscita completamente fuori luogo del fratello, un giorno che si erano trovati a parlare della sua passione per l'arte qualche tempo dopo che era andato a conoscere un grande artista. In quell'occasione se ne era uscito con: «Io non sarei andato a trovarlo per farmi fare un autografo». Chi aveva coniato il detto popolare "Non si può pestare l'acqua nel mortaio" sapeva il fatto suo. Jacob non era andato a trovare quell'artista per farsi fare l'autografo... la motivazione era ben più forte... coinvolgeva la vita di Jacob stesso e la poetica dell'artista; sentiva di far parte della poetica dell'artista, in quel preciso momento, a causa di tristi vicende che l'avevano colpito. E Chico sapeva bene perché Jacob aveva voluto conoscere di persona proprio quell'artista. Ciò nonostante gli volle dire: «Io non sarei andato a trovarlo per farmi fare un autografo».

Quella sera – anche se nei loro conti non lo avevano considerato lasciando solo al suo udito la notizia dell'arrivo del fratello a fare la notte – Jacob non si piccò di vincere a tutti i costi il tira e molla su chi sarebbe rimasto a fare la notte, non si mise al livello di Chico, anche perché questo aveva assicurato i suoi sostenitori della sua vittoria sul duello, perciò gli aveva proposto la soluzione che non gli avrebbe fatto perdere la faccia (secondo i loro parametri): «Semmai restiamo tutt'e due».
Jacob ne approfittò per dormire per una notte, e in un letto, il suo, ad Albuquerque.
L'indomani mattina, sabato 20 dicembre, alle 10:15, tornò in ospedale a Santa Fe.

Anche la moglie di Chico, la seconda – oltre a Jacob che lo aveva detto da subito – cominciava a dire che non aveva mai visto passare tutto quel tempo, giorno e notte, al capezzale di un congiunto, anche se moribondo, e che nella sua famiglia, molto più ragionevolmente, non si usava così; perlomeno si sarebbe dato il compito delle veglie a qualcuno che lo faceva di professione. Perché la gente, i figli, devono anche lavorare. La vita questo impone ai comuni mortali.
Lo dissero anche la moglie di Jacob e i suoi parenti.
Ma tutta questa gente, evidentemente, non aveva nessun peccato da farsi perdonare, altrimenti, anche loro, probabilmente, avrebbero dovuto mostrarsi piangenti, dolenti e preoccupatissimi a tutto il pubblico dell'ospedale e ai loro entourage e

avrebbero altresì martirizzato il fratello maggiore con turni massacranti.

Gli appunti di Alejandra s'interrompono per diventare sporadici perché, ormai, che Jacob andasse a passare la notte all'ospedale e il giorno al lavoro facendosi duecento chilometri per notte, anche con la neve, era normale routine. Quindi si passa al 25 dicembre (giorno di Natale) dove scrive:
"Jacob pranzo ad Albuquerque (pranzo di Natale con lei e tutta la sua famiglia), poi nel pomeriggio a Santa Fe per la notte". Poi si passa a sabato 27 dicembre: "Alejandra (lei) e mamma a Santa Fe nel pomeriggio in treno e ritorno in serata. Jacob notte... C'era anche Chico. Domenica mattina Jacob tornato ad Albuquerque".
Poi, il giorno dopo la mamma, morì. E fu l'unica cosa che si combaciò con la realtà. Ma prima di svanire quel brutto incubo Jacob dovette ancora partecipare a qualcos'altro: Dolores, con la madre nella bara, prima che le venisse posto il coperchio, volle dargli dimostrazioni che lei, nonostante tutto, era pur sempre la socia del capotavola della famiglia e poteva disporre della loro madre, viva o morta che fosse; vide qualcosa che non le andava – in quella che era la perfezione della morte – sollevò con estrema disinvoltura un piede e la gamba della defunta coperta dal velo funebre e in possibile rigor mortis, e sistemò quello che non le andava a genio rivolgendo lo sguardo soddisfatto verso Jacob, attonito. La mamma era cadavere da tre giorni e il collo si stava gonfiando. Era iniziato lo stato di decomposizione.

Fu l'ultima scena di quel brutto incubo nel quale io ero Jacob ed avevo dei fratelli. Perché come Cristiano Nazareni, io, non ho mai avuto fratelli, a quanto ne sappia. Tanto meno come Jacob Vattelapesca.

III Capitolo

Ricongiunzione con la realtà

Mirella e la nonna

Nei giorni precedenti il suo trapasso avevo comunicato a mia mamma che sua nipote, mia figlia Mirella, era incinta e che quindi non poteva venire a trovarla, ma la salutava.

A mia madre il tutto non tornava, forse diede anche un po' di colpa al suo cervello non più proprio al cento per cento delle sue funzioni – se ne rendeva conto – ma fu contenta dei saluti e di sapere che la nipote era incinta.

Si ricordava della nipote, certo, le aveva voluto tanto bene e da piccola se la stropicciava come fanno tutti i nonni, anche quando ormai andavamo a trovarla io e lei, soli, per passare i fine settimana dalla nonna, perché ci eravamo divisi con sua mamma e poi avevamo divorziato.

In quelle occasioni, in certi week-end estivi, dopo aver passato delle belle giornate al sole, col caldo, io – come una madre – la infilavo in piedi nella vasca da bagno della nonna e la lavavo. L'avevo visto fare a Vittoria ad alcune mamme dei miei amici in tutti i pomeriggi d'estate, mettendoli in una tinozza nel cortile di casa. All'epoca eravamo ragazzini, e non capivo come mai mia mamma non lo faceva mai, forse si fidava del mio senso di pulizia e del mio senso dell'igiene.

Ma ricordava bene anche che la nipote poi, piano piano, aveva smesso di frequentare il papà e di conseguenza anche i parenti del papà. Tutti sapevamo che sua madre aveva avuto il coraggio di telefonare a mia mamma per accusarla di aver abbandonato la nipotina, quando in realtà la nonna e tutti non facevano che chiedermi notizie di mia figlia; ma evidentemente, la mia ex moglie, voleva dei rapporti che esulassero da me, dal padre, suo ex marito. Il padre doveva essere cancellato... e che poi tutto continuasse come prima. Ma senza di lui. Peccato che non ero morto. Sarebbe stato tutto più semplice anche perché avrebbe evitato:

1° - il fastidio della separazione e di sentirsi dire da me davanti al suo avvocato: «Ma guarda che da domani con te non siamo neanche più parenti»,

2° - quel cenno di approvazione del suo avvocato; il tutto riguardo l'assegno di mantenimento che avrebbe voluto anche per sé, oltre che, naturalmente, per la figlia.

Comodo, mettere il cappello, separarsi e aspettare l'assegno mensile anche per sé, per poter continuare a non fare niente (visto che aveva preferito licenziarsi dal lavoro), portare la bambina piccola dalla madre, e tornarsene a casa a leggere gialli, tanto c'era il mulo che s'ammazzava di lavoro e che, da ancora sposati, in un periodo in cui fui costretto a fare due lavori – uno di giorno e uno di sera – tornando a casa verso mezzanotte trovavo ancora il sacchetto della spazzatura da portare nel cassonetto giù in strada.

Eppure con Barbara, la mamma di Mirella, tanto tempo prima ci eravamo voluti bene. L'avevo conosciuta in una discoteca negli ultimi anni Sessanta, lo Psychedelic. Ero andato lì, da solo, una domenica che i miei amici avevano preferito andare al cinema, ma io dovevo tornare in quel posto perché la domenica precedente lì avevo conosciuto una ragazza di Savona per la quale avevo preso una mezza cotta, Fulvia. Fulvia non c'era, vidi quella ragazza coi capelli lunghi e neri, alta quasi come me, portava una minigonna come si usava a quei tempi; la invitai a ballare e accettò. Da allora passammo altre domeniche insieme. Io andai a fare il militare, lei venne a trovarmi a Bari, con mia madre, e poi anche a Cividale del Friuli; aspettò che finissi il militare e ci fidanzammo ufficialmente. Ci sposammo e dopo qualche anno arrivò Mirella. Ma la vita da sposati difficilmente è uguale a quella di quando si è fidanzati. La vita è difficile e non si è più nella casa dei genitori ai quali spesso demandi le preoccupazioni e i grattacapi. Barbara pensò quindi che non era fatta per la vita matrimoniale, nonostante la figlia piccolina. S'insinuò in lei l'idea che separati è bello, tutto più semplice.

Pensai a questo, il giorno che davanti al portone del suo avvocato la vidi arrivare, pensierosa, con dei calzoni scuri e una camicia bianca. Non era più la ragazza spensierata che avevo conosciuto dodici anni prima allo Psychedelic. La vita era passata anche su di lei. Tuttavia, anche da separati e nonostante tutto, il giorno in cui Mirella mi disse che sua mamma era all'ospedale per subire un'operazione importante, le chiesi se pensava che potessi andare a trovarla e lei mi rispose sorridendo e illuminando gli occhi: «Sì vai, le farà piacere».

Il giorno dopo l'intervento andai, e la trovai sola nel suo lettino, povera donna anche lei.

Mia mamma non fece in tempo a vedere che i rapporti con la nipote non si sarebbero più ripresi. Quella domenica morì. Era il 28 dicembre del 2008.

Per l'ultimo dell'anno ci fu il funerale. Al camposanto c'eravamo tutti: parenti prossimi, amici, vicini di casa. Tutti a omaggiare una donna che era stata portata via dal suo paesello e fu lasciata in un altro paesello, e tra il paesello d'origine e quello della fine del percorso lavorò, sempre, finché riuscì a stare in piedi senza problemi. Se c'è un esempio che mi ha dato mia madre è stato quello di lavorare, lavorare, lavorare.

Alle esequie e al momento della sepoltura io non piansi, come non piansi quando dopo tre anni mi trovarono una macchia nei polmoni e considerato che fumavo quasi due pacchetti di sigarette al giorno mi dettero poche speranze. Fortunatamente la macchia a distanza di un mesetto non era cresciuta e l'allarme svanì, o lo feci svanire. Non le controllai più le dimensioni di quella macchia, secondo la mia teoria che non è mai bene andare a grattare il culo alla cicala. Sono ancora qua.

Sapevo che i genitori muoiono sempre e a volte lo fanno anche i figli a una certa età. Avevo cinquantott'anni e mezzo, ne avevo viste troppe nella vita per disperarmi come un bambino a cui viene a mancare il genitore per un incidente o per una malattia.

Finito tutto e dopo aver accompagnato a casa gli zii anziani, sempre lì in Piemonte, con Maria tornammo a Genova; era tardi e andammo a cenare in un ristorante in periferia, dalle nostre parti, era semivuoto. Nel gestore, nuovo, riconobbi un vecchio amico dei tempi di via Caffaro – dopo cinquant'anni – e fu l'occasione per colmare quella triste giornata con i ricordi di quel tempo, quando tutti eravamo giovani, compresa mia mamma. Prendemmo un primo e il caffè e tornammo a casa. Finiva il 2008.

Prepensionato

Era finito il 2008 ed era iniziato il 2009. Dopo pochi mesi dall'inizio dell'anno il titolare dell'azienda presso cui lavoravo da circa quindici anni un giorno non si presentò in sede, aveva finito i soldi per pagare qualsiasi cosa, compresi i nostri stipendi, un po' per la crisi che colpiva tutti, un po' per cattiva gestione in sé e per sé; insomma fallì. In agosto la compagnia madre mandò un altro agente generale per cercare di tenere il buono dell'azienda e buttare il marcio. Tra il marcio c'ero io.

Nel senso che fui considerato tra coloro a cui si poteva dare un calcio nel sedere, ovvero, potevamo essere accompagnati fuori dal lavoro perché prossimi alla pensione seppur coi requisiti minimi, quindi con un importo mensile sensibilmente inferiore a chi aveva avuto la fortuna, o la sfortuna, di poter lavorare per tutti gli anni previsti per poter andare in pensione con l'importo massimo in base allo stipendio percepito.

Mentre altri colleghi ne vennero fuori comunque bene, anche se alcuni non col massimo della pensione, io, essendo quello tra gli anziani con un minor numero di versamenti all'Inps – anche perché da giovincello per qualche anno avevo aiutato la famiglia nelle attività senza che mi fossero versati i contributi, e qualcuno non me lo ero versato neanche io – dovetti accontentarmi di una modesta cifra per potermi pagare le annualità di versamenti all'Inps che mi mancavano ancora per il raggiungimento dei requisiti minimi e per poter vivere fino alla finestra prevista dall'Istituto per poter percepire la pensione. Il tutto calcolato a forfait dal titolare dell'agenzia, anche se i sindacati – ai quali mi ero iscritto solo da poco, perché prima non li avevo mai visti di buon occhio – divisi tra le varie sigle, s'impegnarono in una competizione tra loro per fare venire fuori al meglio – ma sempre nei limiti del forfait fissato dal "padrone" – i loro iscritti per sigla.

Competizione da cui la sigla alla quale io mi ero iscritto ne uscì abbastanza male, anzi ne uscì proprio. Il sindacalista che mi seguiva – considerato fino ad allora un *pasionario* dei diritti dei lavoratori, passatemi il termine in genere riferito alle donne – s'innamorò perdutamente e inseguì la sua donna a Palermo; anche il sostituto un giorno sparì e in seguito si seppe che era andato a vivere a Santo Domingo, nella repubblica dominicana. Come se non bastasse, il governo, a corto di soldi anche lui, spostò la mia finestra di uscita per la pensione e così la percepii invece che dopo un anno e mezzo dall'interruzione del rapporto di lavoro, dopo due anni e mezzo. Per un anno, quindi, non fui più "accompagnato alla pensione" e divenni un "esodato"[12], per cui dovetti fare ricorso – per quell'anno di attesa – alla liquidazione che avevo percepito dopo tutte le peripezie lavorative.

Si potrebbe pensare che non tutti i mali vengono per nuocere perché comunque mi ritrovai senza dover più andare a lavorare nel 2010, a sessant'anni ancora da compiere, invece che

---

[12] Esodato: Chi è stato costretto a interrompere il rapporto di lavoro in conseguenza di accordi di ristrutturazione aziendale o crisi aziendale e non ha ancora diritto alla pensione per via di un innalzamento dell'età pensionabile avvenuta successivamente all'accordo.

nel 2013 (anno dal quale dal mese di marzo percepisco regolarmente l'assegno pensionistico mensile) o addirittura nel 2016 se avessi potuto completare i quarant'anni di versamenti all'Inps per ottenere il massimo coefficiente previsto fino ad allora; non è così.

Essere messo da parte dal lavoro, quando ancora non te lo aspetti, quando ancora non ci avevi minimamente pensato; mentre i governi si stanno ingegnando per allontanarti il traguardo pensionistico non rispettando il patto che tu e lui, il governo, avevate fatto negli anni Sessanta – certo, modificato gradualmente nel tempo per la maggiore aspettativa di vita, come via via si era già fatto – quando da ragazzino avevi iniziato a lavorare qualche volta anche senza che ti fossero versate le marchette e qualche volta anche senza tutele, e non sai come potrebbe andarti a finire, non è piacevole.

Non è piacevole, ma fu il destino che il governo successivo riservò – vantandosi di sanare i conti del Paese – a centinaia di migliaia di lavoratori che erano già stati messi fuori dal lavoro con degli accordi, perché prossimi alla pensione: allontanò loro il traguardo della pensione lasciandoli così senza stipendio né pensione, in un'età in cui nessuno li avrebbe più assunti nemmeno per errore, anche se non ci fosse stata la crisi economica. A me fortunatamente non era andata così solo per un pelo, ma avrei senza alcun dubbio continuato volentieri a lavorare, anche perché è l'unica cosa che ho sempre fatto. Mia madre mi aveva insegnato così e io fino ad allora avevo pensato che l'uomo deve alzarsi presto la mattina per andare a lavorare. Altro non sapevo fare.

Viaggi

Il 2009 fu anche l'anno dello sconvolgimento del lavoro, certo. Ma fu principalmente un anno di amare riflessioni, dopo aver vissuto nel giro di due mesi – il dicembre dell'anno appena finito e il successivo gennaio – due brutte vicende: la morte di mia madre con tutto quello che ha comportato in me e il chiarimento con mia figlia con la dichiarazione finale che io per suo figlio ero solo un nonno biologico del quale si può fare a meno.

Non è roba da poco, credetemi.

Mesi prima che accadesse tutto ciò, nell'estate del 2008, credendo di aver raggiunto finalmente una certa tranquillità, come mi era capitato intorno agli anni Duemila, anni in cui potei dedicarmi alla politica – seppur del sottobosco – della mia città; alla cultura, alla musica, ai concerti, alla composizione di canzoni, con una certa soddisfazione, avevo deciso di comprarmi una bella moto da turismo, pur avendo portato la moto soltanto durante il militare (a Palmanova prima, per il corso, e poi Cividale del Friuli) perché qualche maresciallo o colonnello, alla visita, aveva deciso che io potevo fare il motociclista, senza aver mai portato una moto prima, a parte il motorino. Fino all'acquisto della moto avevo avuto, quindi, solo motorini, scooter e scooteroni.

Ma comprai la moto per il senso di libertà che il solo pensiero di possederla mi dava. E in quell'autunno del 2008 cominciai a fare gite solitarie di centinaia di chilometri per saggiare la mia resistenza. Constatai che avrei potuto fare centinaia e centinaia di chilometri in un giorno, per tanti giorni, in modo che le centinaia di chilometri potevano diventare migliaia, e poi migliaia ancora.

E quegli avvenimenti sconvolgenti di fine 2008 e inizio del 2009 mi diedero la spinta per tentare il grande viaggio. Il viaggio della vita, il viaggio alla ricerca di me stesso, a quasi cinquantanove anni. Senza sapere – considerata la mia scarsa esperienza di allora col mezzo e coi costumi e le abitudini dei popoli mediorientali – come ne sarei venuto fuori.

Sarei andato nei luoghi della Bibbia.

Ci andai[13].

Ma non finì qui, l'anno seguente decisi che dovevo fare un altro grande viaggio, sempre in moto, sempre in solitaria, sempre via terra. Progettai di andare a Capo Nord[14]. Il significato non fu quello dell'anno precedente, ma fu quello di riappropriarmi dei miei sogni, anche improbabili – che non avevo mai potuto neanche provare a soddisfare da giovane – delle mie aspettative, che non dovevano più essere le aspettative degli altri su di me, ma dovevano essere le mie aspettative su me stesso.

---

[13] Si veda il IV capitolo: *Viaggi*.
[14] Si veda il IV capitolo: *Viaggi*.

I disturbi di Cristiano

Anni prima ero stato convinto di stare benissimo di salute, infatti mi ero presentato dal mio nuovo medico, dopo una decina d'anni dall'ultima visita medica, dicendo: «Io sto benissimo, mangio di tutto, digerisco tutto, e ho sempre fame...».

«Bene! Sentiamo la pressione... È altissima...».

«Ma com'è possibile? Glielo ripeto, sto benissimo!».

«Perché, non ha mai sentito di gente che muore e pensava di stare benissimo? Magari nel bel mezzo di un pranzo natalizio? La prossima volta mi porti questa serie di esami. Mi stia bene arrivederci».

Uscii dallo studio di quella simpatica dottoressa con la consapevolezza che fino ad allora non mi aveva mai sfiorato neppure alla lontana: ero un essere mortale.

Gli esami, che feci e che le portai la volta successiva, non erano per niente buoni. Molti valori del sangue erano sballati: glicemia, colesterolo, etc. Dovetti iniziare a prendere un sacco di pastiglie al giorno per tenerli regolati. Un po' di depressione fece capolino. La cosa di aver scoperto di non essere immortale non mi andava giù, proprio per niente. Ma presi la situazione di petto, come già avevo fatto un'altra volta quando avevo avuto dei sintomi di un infarto, che poi non si era rivelato tale, all'età di trentacinque anni, circa. Mi ero svegliato un mattino e nell'alzarmi avevo sentito dentro il torace come se un elastico si fosse rotto e lo sentii tra il cuore e la testa: ciuff. Come se si fosse rotto in un liquido, dentro il mio torace. Diventai bianco ed ebbi nausea, mi trascinai per il corridoio per darmi una sciacquata e poi, con tutto ciò, presi l'auto e andai al pronto soccorso del più vicino ospedale. Mi era venuto in mente di prendere il telefono e salutare Mirella che stava con sua madre, dopo la nostra separazione, magari poteva essere l'ultimo saluto... ma ci rinunciai per non darle una preoccupazione, anche se temevo che non sarebbe stata poi una così grossa preoccupazione. Al pronto soccorso mi avevano steso su un lettino, mi applicarono dei cavetti al torace, ma non si diedero una spiegazione di quello che era successo, solo qualche farfugliamento in base alla descrizione che ne avevo dato io: «Magari sarà stato un vaso capillare... non capiamo».

Ma il disturbo che avevo avuto era stato forte e fastidiosissimo, qualcosa si doveva essere pur rotto, che senso aveva altrimenti quel "ciuff" doloroso? Fu così che decisi che dovevo sapere cosa mi era capitato e se potevo continuare a vivere tranquillamente, al di là del responso delle apparecchiature mediche. Da lì a qualche giorno, tra luglio e agosto, sarei partito per la montagna per accompagnare mia figlia in vacanza, con sua madre. Quando fui sul posto, un paesino nei pressi del Monte Rosa, decisi di intraprendere una escursione fino ad un rifugio a circa tremila metri: il Mezzalama. Se quel "ciuff" doloroso che mi aveva fatto diventare bianco e mi aveva intontito era qualcosa di davvero serio, sarei schiattato prima di arrivare al traguardo, e non se ne parlava più.

Andai, fu troppo faticoso dopo almeno dieci anni che non andavo più per rifugi montani. Mi accodai a una comitiva, meglio, mi adottò una comitiva che appena arrivati al rifugio mi cercò mentre ero steso su una roccia a riposare, perché il tempo si faceva brutto. Dovemmo scendere alla svelta. La salita era durata circa quattro ore, la discesa forse solo tre ore e mezza, ma non fu meno faticosa, lo fu di più, e io con scarponcini poco adatti mi massacrai i piedi e dopo qualche giorno, tornato a casa, sul mio letto una mattina trovai, depositate ordinatamente a fianco dei miei piedi, le unghie degli alluci. Ma il cuore era salvo, al suo posto.

Quindi anche quella volta lì volli prendere la situazione di petto, anche perché quella simpatica dottoressa che mi aveva voluto misurare la pressione aveva anche iniziato a dare un nome a quei disturbi che ne erano risultati da quella semplice misurazione: diabete. Quindi non erano più disturbi, ma avevano preso il nome di una malattia. Una malattia subdola, che non ti senti addosso, né dentro, che non ti vedi allo specchio. Infatti non avevo ancora nessun segnale addosso, oltre ai risultati degli esami del sangue che comunque continuavano a rimanere entro limiti accettabili, protetti dalle medicine che prendevo quotidianamente. Così, al momento, non avevo nessuno di quei disturbi così evidenti e spiacevoli che digitando quella parola, diabete, su internet apparivano in tutta la loro bruttezza, tipo il piede del diabetico, spesso annerito, monco e ricoperto di cancrena. La mia natura era di giocare il tutto per tutto, come avevo fatto quella volta del falso infarto. Decisi di massacrarmi, come era stato sempre mio costume, quando dovevo decidere se era meglio vivere da malato o schiattare subito.

Intrapresi dei viaggi di tutta fatica, sulla mia moto, di migliaia e migliaia di chilometri, non facendo caso al tempo, alla pioggia, al caldo, al freddo, né a dove mi capitava di dormire, quando mi capitava.

Ero tornato anche quella volta, da quei viaggi, anno dopo anno e, a parte la spossatezza e qualche visione dovuta alla febbre per la stanchezza, non ebbi altri disturbi evidenti. Anche quella malattia potevo superarla, fino a quando questa lo avesse voluto.

Ma una volta, pochi giorni prima di un Natale sentii un disturbo strano, non forte, ma alla bocca dello stomaco; come un mal di stomaco. Era prima di cena e la zona in cui lo sentivo non era la solita di quando si ha mal di stomaco; era un po' più in alto. Lasciai perdere per qualche ora, poi verso le 23:00 di sera mi recai al pronto soccorso per capire cosa potesse essere quel disturbo fastidioso. Mi accompagnò mia moglie, come sempre pronta per me. Stetti ad aspettare il mio turno poi mi visitarono e diagnosticarono una pancreatite, che io non sapevo bene cosa fosse, ma mi fu detto che non potevo lasciare l'ospedale perché la cosa poteva essere pericolosa e addirittura poteva portare alla morte nel giro di poco tempo. Mi tennero lì e non ci fu verso che potessi riaccompagnare a casa mia moglie che dovette prendersi un taxi alle 4:00 di mattina, per poi essere alle 8:00 al lavoro e a mezzogiorno essere di nuovo da me col mio pigiama e una vestaglia. Nel frattempo essendo andato al pronto soccorso assolutamente non preparato al ricovero, mi ero buttato su un lettino vestito e mi ero appisolato quando dei medici fecero la visita mattutina delle 6:00, credo, e mi svegliai. Un medico mi chiese con tutto il tatto possibile se avevo qualcuno che si prendesse cura di me, pensando forse che qualcuno mi avesse raccolto da qualche marciapiede, magari ubriaco. Lo tranquillizzai. Mi fecero stare lì per alcuni giorni, ma riuscii a passare il Natale a casa, considerato che i sintomi della pancreatite stavano svanendo e forse non c'erano davvero mai stati. Può capitare una diagnosi sbagliata, perché no. Ma dovetti tornare a prendere i risultati di un esame. Il medico che quel mattino mi consegnò gli esami mi fece sedere e mi disse: «Dunque... una notizia buona e una cattiva... La pancreatite non c'è! Ma c'è qualcos'altro: c'è una piccola macchia alla pleura del polmone destro».

«Alla pleura, quindi è meno pericoloso che se fosse nel polmone?».

«No! È più pericoloso perché non si può operare. Ma lei è fortunato perché l'abbiamo presa in tempo».

Poi, dopo alcune domande tipo quante sigarette fumavo (tante, da una cinquantina d'anni) e altre di questo genere che mi predestinavano una morte entro pochi anni se non mesi tra dolori atroci e tossi da sputare sangue in qualche reparto per vecchi rottami, mi disse che prima di intervenire con qualcosa di più invasivo preferiva farmi fare una tac entro un mesetto per essere certi che la macchia fosse cresciuta e di quanto.

Tornai a casa, ero da solo, la mia vita aveva preso un'altra piega e pensavo alle parole del medico: «Lei è fortunato, perché l'abbiamo scoperta in tempo», che poi voleva dire che potevo vivere ancora un paio d'anni o sei mesi, dipende. Pensai: «Che culo che ho!».

Ma ciò nonostante non riuscivo a crederci, neppure a quella malattia. Feci ritorno a casa e dovetti dire il tutto a mia moglie, ma come se parlassi di qualcun altro. Perché non mi sentivo male, neppure un minimo sintomo di tosse, a parte quella da sigarette, né di stanchezza o spossatezza fisica. Ma il medico mi aveva tranquillizzato: «Quando comincerà a stare male sarà tardi».

Bene o male dovetti cominciare a parlare a Maria di ogni evenienza, e con la maggior tranquillità possibile a prepararla per la peggior eventualità. Anche perché ero entrato in un limbo metafisico nel quale tutto può accadere e tutto mi poteva toccare poco. Non trovai di meglio che cominciare a parlarle dei miei viaggi lunghi e meravigliosi, in moto, in solitaria, nei luoghi stupendi in cui ero stato qualche anno prima: i miei favolosi viaggi al monte Ararat e a Capo Nord, che un po' già li avevo sentiti come viaggi alla ricerca della fine del mondo. Erano diventati già viaggi un po'metafisici, per me. Così le dissi: «Sai, non devi preoccuparti, pensa che io mi sto preparando all'evento come ad un altro bel viaggio in moto. Vedrai, sarà bellissimo... sarà il mio viaggio della vita. Quando sarà, se sarà, mi caricherò lo zaino sulla moto e andrò senza meta fino a quando non troverò la fermata giusta. Forse la fermata che ho sempre cercato...». E quell'attesa di quel tempo passata in quel limbo in cui tutto può accadere e niente più ti può toccare la passai davvero così, preparandomi al grande viaggio tra l'esistenza terrena e quella ultraterrena; e la cosa non era del tutto sgradevole, anzi, mi dava anche un senso di esaltazione, se è per quello.

Un giorno mi svegliai prestissimo, Maria era già uscita per andare a scuola, al lavoro, io nonostante avessi dormito cinque o sei ore di fila, non mi sentivo perfettamente in forma. Vidi che era una bella giornata invernale e tolsi il telone dalla moto; mi misi la tuta tecnica e riempii lo zaino con delle cose. Benzina ce n'era più che a sufficienza per quello che mi serviva. Misi in moto, mollai la frizione... Ma in quel momento sentii suonare il campanello del telefono...

Mi svegliai di botto, ero a letto, attorcigliato alle lenzuola, risposi al telefono, era Maria: «Pronto, marito? Ho ritirato i tuoi esami, la macchia non è aumentataaa!».

Nei giorni seguenti il medico, un po' a malincuore, mi disse che se non era aumentata in quel lasso di tempo potevo stare tranquillo. Eppure quel bel viaggetto…

IV Capitolo

Concerti e viaggi

Parigi-Genova – Prima tappa
Percorso tra parole e musica in ricordo di
Fabrizio De André

Ecco il racconto della serata, che postai sul sito da me curato sul cantautore. Come si vedrà, la descrizione di tutto quanto e l'approccio stesso all'impresa sono opera di qualcuno che, per trent'anni, dopo le esperienze col canto fatte da ragazzo, aveva fatto altro:

Cari amici,
In questa pagina cercherò di raccontarvi la "grande" giornata del 10 marzo del 2000.
In effetti il 10 marzo per me era iniziato molto tempo prima, quando proposi in commissione cultura questa mia iniziativa che vide subito d'accordo il coordinatore e che fu votata dai componenti, qualcuno dei quali mi conosceva da moltissimi anni e sapeva con quanto rispetto mi fossi avvicinato alla musica di De André da ragazzo e con quanto rispetto avessi iniziato a cantare qualche sua canzone. Sapevano anche che prima, quando avevo condotto un programma radiofonico sui cantautori a Santa Margherita Ligure, un programma che andava in onda in diretta dalle ore 13:00 alle 14:30 dal martedì al venerdì e dalle 14:00 alle 15:30 il sabato, ero l'unico che in quella radio privata e, per quanto ne sappia io, anche nelle al-

tre radio avesse il coraggio di mandare musica dei cantautori in quelle ore che in genere sono dedicate ad altro tipo di musica. *Senza contare che i cantautori che mandavo io non si chiamavano Baglioni o Gianni Togni (in quei tempi imperversava* Luna*), bravissimi e che ascolto volentieri, ma si trattava di altri nomi: Fabrizio De André, Roberto Vecchioni, Paolo Conte, Ivano Fossati e pochi altri. Sapevano altresì che in un impeto di follia un giorno avevo telefonato al liceo Beccaria di Milano chiedendo di parlare col professor Vecchioni e avevo avuto il piacere di incontralo di persona iniziando così un andirivieni Genova-Milano con l'intento di conoscere a fondo quella persona che aveva scritto canzoni come* L'ultimo spettacolo, Il re non si diverte, Sabato stelle *e che ero convinto che le avesse scritte dopo avermi letto nella mente.*

Ma per farla breve, mi sono trovato al 10 marzo.

L'appuntamento col service è per le ore 9:00 presso il cinema teatro Germi (in quel cinema nei vicoli da ragazzino ero andato a vedere alcuni film con mio padre, uno in particolare Quelli della San Pablo *con un giovane Steve McQueen e una giovanissima e debuttante Candice Bergen della quale m'innamorai perdutamente), avevo chiesto che portassero l'amplificazione già dal mattino per avere il tempo di montare il tutto e fare i collegamenti necessari in modo da potere studiare le soluzioni migliori.*

Luca, mio caro amico, era arrivato da Varese la sera precedente nonostante avesse dei problemi importanti.

La sera del 9 mi sono chiuso nel mio studio per continuare a provare e la notte sono andato a dormire alle 04:00 (di mattina). L'indomani mattina non siamo arrivati alle 09:00, ma alle 09:45.

Il service c'era già e stava scaricando tutto l'occorrente: mixer, casse, monitor, cavi, etc. Il mixer col tecnico del suono dovevano essere posizionati in fondo alla sala in modo da poter ascoltare ed eventualmente correggere il suono. Riccardo, mio amico impresario e tecnico del suono di una compagnia teatrale genovese dialettale, sarebbe andato nel balconcino ai lati del palcoscenico per potermi vedere bene e quindi capire quando sarebbe stato il momento per fare partire il suono. Nel frattempo era arrivato anche Roberto, mio ex cliente nel campo delle assicurazioni e musicista, che in questa occasione si era offerto di venire ad aiutarmi.

Il mattino quindi è passato con questi preparativi tra vari episodi anche divertenti che sono serviti a stemperare un po' la tensione che man mano che passava il tempo aumentava pur rimanendo a livelli accettabili.

Alle 13:00 i tre tecnici del service sono andati a prendere qualcosa da mangiare e noi tre – Riccardo è arrivato in teatro solo la sera un'ora prima dello spettacolo – siamo andati a casa mia per pranzare e per rilassarci un po' prima di affrontare la parte più impegnativa della giornata: la regolazione definitiva del suono, le prove, e tutti i preparativi per l'accoglienza dell'eventuale pubblico.

Torniamo in teatro verso le 15:00, i tecnici sono già al lavoro e io posso iniziare a provare per cercare l'audio migliore.

I microfoni sono già sistemati, mancano ancora le luci, ma si sta provvedendo. Scelgo la sedia che utilizzerò per la sera, sfodero il mio leggio, lo regolo all'altezza giusta e finalmente tiro fuori dalla borsa la preziosa cartella che contiene tutto il lavoro che avevo preparato.

Luca, da appassionato di musica quale è (in casa ha un impianto stereo di alta fedeltà coi fili di bassa tensione in oro, perché, dice lui, l'oro conduce il suono meglio del rame) ha il compito di controllare la qualità del suono. Ci sono già i tec-

nici per questo compito, ma l'orecchio di un amico credo che in queste occasioni possa essere di maggior aiuto.

Roberto sostituisce, solo nelle prove, Riccardo che arriverà in seguito.

Per i poveretti comincia una specie di via crucis.

Luca da semplice ascoltatore, quale gli avevo assicurato che sarebbe stato, deve iniziare a fare da mediatore tra le mie richieste e le esigenze dei tecnici; allora lo vedevi andare dal palco al mixer cercando di usare la massima delicatezza nei confronti dei tecnici e riferendomi poi le loro risposte stando attento a non urtare la sensibilità delle due parti in causa. Roberto, che fino a quel momento non era mai stato seduto a una consolle, comincia ad avere caldo e cerca di darmi i suoni quando li chiedo, ma non è pratico, pazienza, questo compito lo ha solo per le prove. Io provo a cantare i brani in francese (nella scaletta avevo messo anche quelli) per sciogliermi la lingua, ma non è ancora la prova ufficiale, siamo sempre alla ricerca del suono migliore, io voglio un po' di riverbero perché la mia voce non mi soddisfa: i miei punti di riferimento in quanto a voce sono De André e Vecchioni (hai detto niente!) e naturalmente un po' di riverbero non mi fa diventare improvvisamente uno di questi due.

Intanto l'addetto al teatro, Dario, personaggio che la prima volta che sono andato a vedere la sala Germi mi aveva tenuto lì per due ore cercando di convincermi che lui riesce ad amplificare il teatro con solo 0,5 watt e che, secondo lui, me ne aveva dato dimostrazione attaccando la sua radio a transistor a dei semplici altoparlanti non amplificati (!?), dopo avere rotto per un bel po', adesso si è rassegnato e ci lascia fumare senza rimproverarci, ma parla... parla... Quelli del service lo conoscono da anni e lo evitano... Luca cerca di tener-

melo fuori dai coglioni. Ma vince lui e mi sta sempre attaccato per darmi dei suggerimenti, che brava persona!

Passa il tempo, la tensione sale, comincio a innervosirmi e contemporaneamente comincio a mandarlo gentilmente a quel paese. Luca riesce a portarlo via per una mezz'ora con la scusa di farsi accompagnare in via del Campo[15] a comprare una cosa.

Io provo, finalmente forse ho l'audio che voglio, anche i miei monitor sul palco mi danno quello che cercavo.

Sono le 19:00, aspetto che arrivi Riccardo per iniziare la prova ufficiale, nel frattempo i tecnici ne approfittano per andare in un locale vicino a mettere qualcosa nello stomaco. Luca e Dario sono tornati. Riccardo non arriva. Io devo iniziare le prove perché non c'è più tempo. I tecnici sono ancora via, ma avevano lasciato le impostazioni giuste del mixer. Io inizio a istruire Luca nel caso Riccardo mi facesse il brutto scherzo di non venire. Luca comincia a sentire un caldo eccessivo per la stagione in cui ci troviamo e, convinto, dice: «Non esiste più la mezza stagione...». Tra l'altro aveva appena ingurgitato insieme a Roberto qualche etto di focaccia con le olive, davanti a me, che invece rifiuto di mangiarne perché: «IO DEVO SOFFRIRE!». Soffrivano anche loro due la tensione, ma a stomaco pieno e dopo aver bevuto anche una bella lattina di Coca Cola (... hanno tutt'e due la pancia...).

Si prova, va tutto bene, ma Riccardo non arriva... Luca suda, io inizio a imprecare sottovoce, decido che oramai siamo pronti, manca solo Riccardo... Le imprecazioni non sono più sottovoce, ma amplificate a mille watt.

Ci sarà pubblico? Non dormo una notte intera da quasi due mesi. Ci saranno solo il mio amico Luca, Roberto e i tecnici che

---

[15] "Via del Campo" è il nome di un vicolo di Genova e anche il nome di una famosa canzone di Fabrizio De André.

poveretti devono esserci anche se probabilmente avevano qualcosa di meglio da fare. E Riccardo? Ci sarà almeno lui?

Dario ci sarà senz'altro, lo avevo conquistato quando nel pomeriggio durante la prova di una canzone mi ero alzato di scatto ed ero scappato via per non fare vedere che mi ero commosso, con quella canzone mi è capitato sempre! Lui se ne era accorto e la cosa gli aveva fatto pensare che il concerto della sera non doveva perderselo. Mi aveva anche detto: «Ho capito che sei francese perché lo parli troppo bene, ma non capisco perché quando parli in italiano non hai nessuna inflessione francese, come può essere?». Io gli avevo risposto con una spudorata menzogna: «Sono di padre russo e madre francese, e ho vissuto metà della mia vita in Francia e l'altra in Italia».

... Il pubblico... sul Mercantile *di ieri c'era un bell'articolo sulla nostra serata: «La poesia di De André. Venerdì alla sala Germi», e oggi sul* Secolo XIX *hanno parlato di noi in modo stupendo: «Faber e Brassens nei vicoli...» e l'articolo rispecchiava esattamente lo spirito e l'impronta che volevo dare alla serata, con informazioni esatte. L'unica spiegazione è che la giornalista mi abbia spiato e abbia capito tutto, compreso il programma; e poi, meraviglia tra le meraviglie, l'articolo era in rilievo proprio in mezzo alla pagina dedicata all'evento molto più importante in memoria di Fabrizio. E le locandine del Centre Culturel Français e gli amici di Internet che mi hanno scritto, i manifesti del Comune...*

Chissà se verrà qualcuno di quelli che hanno letto sui giornali o sulle locandine, o su Internet.

Mi basterebbero trenta, cinquanta persone, non chiedo di più.

Speriamo almeno che venga mia mamma, la mamma...

Come è possibile che io preparo quest'evento da due mesi e pressoché nella stessa data mi si va a incrociare con l'altro even-

to grandioso che vedrà protagonista tutto l'Olimpo della canzone italiana? Celentano, Vanoni, Ligabue, Vasco, Jannacci...

È giusto, domenica sera sarò anch'io in piazza De Ferrari, ma per Fabrizio, non per tutti quegli altri, è una cosa bella, ma non so quanto sarebbe piaciuta a Lui che in tutta la sua vita è sempre stato in disparte e non ha mai voluto clamori intorno a sé. Lui sarebbe venuto più volentieri in un teatro sgangherato da trecento posti, nella città vecchia, a due passi dalla sua via del Campo, a sentire uno che cercherà di scimmiottare i suoi idoli: Brassens, Ferré, De André... dove dietro al teatro ci sono le prostitute e che è tanto scemo che si commuove quando canta.

Sono le 19:30... è arrivato Riccardo! Presto dobbiamo provare ancora... presto... presto...

Nessuno mi sente, si stanno rilassando. Tiro un urlo bestiale, non avevo mai sentito un urlo simile prima e neanche i ragazzi; mi guardano preoccupati, leggo negli occhi di Riccardo una grande voglia di tirarmi un cazzotto, Luca che quando non è mio amico è un sott'ufficiale dell'esercito mi guarda con apprensione, Roberto corre alla ricerca del ladro...

«Ragazzi tra un po' iniziamo, dobbiamo provare le ultime cose... Riccardo, mettiti alla consolle».

Arriva Dario trafelato: «C'è uno che dice di essere del Comune e che deve annunciare la serata, devo farlo entrare? Ha sentito il tuo urlo e si è spaventato, non sa se lo vuoi fare entrare o no».

«Dario adesso mi hai rotto i coglioni, non ti voglio più vedere, vai affanculo».

«Ehi! Tecnici! Cos'è quel casino davanti al mixer? Qualcuno potrebbe inciampare! Lucaaa, porca puttana! Vuoi andare lì davanti a sentire com'è la voce? Li hai messi i cartellini con su scritto "Riservato" nelle prime fileee?».

Mi consigliano di chiudermi in camerino a fumarmi un'altra sigaretta. Sono le 20:10, la porta del teatro è ancora chiusa.

Arriva, di nuovo, Dario trafelato: «C'è della gente davanti alla porta! Chiede quando si entra...».

«Gente??? Ma quanta?!». Mi alzo vado a vedere, affaccio solo un attimo il capo dal corridoio, è vero, c'è un capannello di persone. Intanto Sandro, il coordinatore della commissione cultura, quello che Dario mi aveva annunciato come il presentatore, era riuscito a entrare e la sua ragazza è rimasta in fondo alla sala, mi avvicino con un sorriso chiedendo chi fosse, lei si mette con le spalle al muro perché non può arretrare oltre, è in punta di piedi, è rossa, mi fa un sorriso supplichevole che tradotto voleva dire: «La prego... non mi picchi».

Dario: «A che ora devo aprire le porte?».

«Alle 20:25!».

«Ma c'è gente là fuori!».

«Ma quanta?!».

«Non lo so, ma sento anche parlare in francese, c'è il console francese».

«Il console? Ma che cazzo dici?».

«Ragazziii! È tutto pronto? Accendete il segui persona sul microfono dove Sandro farà l'annuncio. Dario vai ad aprire!».

«Cris, la sala si sta riempiendo», era Luca.

«Ma stai scherzando? Dai ragazzi non scherzate. Riccardo, vai alla consolle e metti quella musica d'intrattenimento che ho preparato, fino alle 20:55».

«Cris, Maria voleva venire a salutarti per dirti che nel suo esame ha preso il massimo punteggio, le ho detto che sei orgogliosissimo di lei, ma che non la vuoi vedere...».

È vero, la sala è piena, circa trecento persone tra seduti e all'impiedi, c'è davvero il console – che è il direttore del Centre Culturel Français a cui ero andato a chieder il patrocinio per la manifestazione – c'è il presidente della circoscrizione, ci sono molti francesi, molti genovesi, e tutti per ascoltare la musica di Fabrizio.

20:55.

«Sandro vai! Riccardo, ferma la musica!».

Amici, non vi racconterò passo per passo come si è svolta la serata. Il pubblico ha seguito attentamente tutto il programma con raccoglimento, io credo di avere svolto bene quello che dovevo. Gli applausi alla fine di ogni brano erano spontanei. Ebbene sì, Dario è rimasto soddisfatto, mi sono commosso come nel pomeriggio durante le prove e come tutte le sere precedenti nello stesso punto della stessa canzone, sono andato avanti credendo di avere rimediato una brutta figura, ma gli applausi del pubblico e i commenti successivi mi hanno rincuorato. Pare che invece sia stato un momento vissuto molto intensamente anche dal pubblico. In verità avevo avuto la sensazione di sentire qualcuno che non riusciva a trattenere dei singhiozzi di pianto nelle prime file e avevo sperato intensamente che non fosse mia madre per non essere ricordato in seguito come una specie di Mario Merola (il re delle sceneggiate napoletane), mi è stato detto che invece era un bambino che piangeva per i fatti suoi; in questo caso spero di non essere ricordato come "quello che fa piangere i bambini".

Roberto mi ha detto in seguito che per cinque minuti ha dovuto trattenersi perché sarebbe scoppiato a piangere a dirotto anche lui. Dario ha detto che finalmente ha assistito a un concerto che gli è piaciuto.

Alla fine buona parte del pubblico si è avvicinato al palco per darmi la mano, compreso il console.

Qualcuno che non conosceva certe canzoni di Fabrizio da me presentate (quelle che aveva prese e tradotte da Georges Brassens[16]), letto la traduzione e interpretato nella prima parte, mi ha voluto dire che è uscito dalla sala Germi apprezzandole e canticchiandole.

Scusatemi amici, io non sono Celentano, non sono Vecchioni, non sono Ligabue e tanto meno non sono un poeta.

Non sono Fabrizio.

Sono solo uno che con pochi mezzi, con tanta passione, con tanto amore, con tanto rispetto ha costruito una serata stupenda in ricordo della musica di De André.

Mi dispiace di non aver potuto portare tutti quelli che partecipano al giro delle sette chiese nelle commemorazioni di qualcuno. Mi dispiace davvero, non ho potuto portare tutta questa bella gente, e ho voluto che non ci fosse nessuno spunto politico nella nostra serata. Mi piace la discrezione, non mi piace cazzeggiare e mi piace manifestare le mie idee politiche nei contesti giusti e non quando c'è la commemorazione del Poeta di Genova e d'Italia.

Mi viene anche il dubbio che io forse non ho il diritto di volere bene a Fabrizio, di ascoltare le sue canzoni e non parliamo di cantarle.

E ci fu anche il seguito, l'altro concerto l'anno seguente, il 2001. Questa volta non più nel vecchio cinema teatro Germi, ma nell'auditorium Eugenio Montale del teatro genovese per eccellenza, il teatro Carlo Felice, messomi a disposizione dal

---

[16] Brassens è un famosissimo e popolare cantautore francese a cui De André si ispirò ai suoi esordi, del quale tradusse diverse canzoni per interpretarle in lingua italiana.

Comune di Genova. Questa volta si chiamò "Parigi-Genova" e come sottotitolo "Cantautori e *chansonniers*, in ricordo della musica di Fabrizio De André" e in quella occasione avevo con me la chitarra appartenuta a Fabrizio, la mitica Esteve, con la quale, per ultimo pezzo, mi accompagnai *Bocca di rosa.*[17]

---

[17] Mitica canzone di Fabrizio De André.

Parigi-Genova – Seconda tappa
Cantautori e chansonniers, *in ricordo della musica di Fabrizio de André*

Quella che segue è l'introduzione che feci quella sera del 2001, prima di iniziare il concerto, per mettere subito in chiaro col pubblico che se erano venuti semplicemente a sentire delle canzoni, seppur di De André, avrebbero avuto tutto il tempo, durante quell'introduzione parlata, anche piuttosto lunga, di andarsene altrove; magari negli spettacoli dove c'erano quelli più bravi e più famosi, quelli del giro delle sette chiese.

Nel mio concerto c'erano anche parole, tante, anche tra una canzone e l'altra.

L'anno scorso avevo progettato Parigi-Genova *così, semplicemente perché lo avevo in testa praticamente già bell'e fatto, infatti non feci altro che trascrivere su qualche foglio i miei interessi musicali: De André, Brassens, la musica d'autore italiana, la musica d'autore francese.*

Scrissi una presentazione della serata, le presentazioni dei brani, lessi qualche traduzione delle canzoni proposte in lingua originale, cercai di dare il meglio di me stesso nelle interpretazioni. Ebbi la fortuna di ottenere il patrocinio del Centre Culturel Français nella persona di Monsieur Jeaques Barrere che apprezzò l'idea, la Circoscrizione mi mise a disposizione la sala Germi, vecchia, ma efficace: un buon palcoscenico, qualche luce giusta, e poi era nei vicoli, nella città vecchia, a due passi da via del Campo.

Tutto andò per il meglio, la serata riuscì molto bene, il pubblico che era affluito in quella vecchia sala forse anche con un po' di diffidenza apprezzò tutto il programma e alla fine uscì soddisfatto. Io stesso, che in genere ho dei gusti abbastanza difficili e sono molto critico nei miei confronti, fui soddisfatto e pensai di aver fatto una cosa di una certa importanza.

Così quest'anno ho pensato di riproporre Parigi-Genova *e circa due mesi fa ho iniziato a pensare a tutto. Ma quest'anno c'è qualcosa di diverso, l'impressione è quella di quando si cerca di infilare delle perle una dietro l'altra e queste cominciano a infilarsi da sole, già una perla che si è infilata da sola è stata quella di questo auditorium, non siamo più alla sala Germi, ve ne siete accorti? E poi un'altra grossa perla si è infilata da sola.*

Una mattina in via del Campo, indovinate chi ho incontrato? Sembra incredibile a raccontarlo, ma una mattina in via del Campo ho incontrato Dori Ghezzi, e Dori Ghezzi mi diede il patrocinio della fondazione "Fabrizio De André" che doveva nascere da lì a pochi giorni, naturalmente sono diventato uno dei soci fondatori con la tessera numero 12.

Il patrocinio del Centre Culturel Français lo avevamo già ottenuto, a quel punto mancava solo il contenuto della serata, non potevo fare il doppione dell'anno scorso anche se la tentazione era forte, in pratica era già pronto. D'altra parte però quella dell'anno scorso era stata volutamente una commemorazione di Fabrizio e avveniva negli stessi giorni in cui c'era l'altro evento, molto più importante, con tutto l'Olimpo della musica leggera italiana. Molto più importante per la televisione, per i giornalisti, ma mi sono chiesto quale dei due spettacoli in suo onore Fabrizio sarebbe andato a vedere più volentieri, e mentre mi ponevo questa domanda, nella mia mente vedevo Fabrizio infilarsi nella sala Germi, nei vicoli, incuriosito dal titolo "Parigi-Genova. Percorso tra parole e musica nel ricordo di De André". *Ognuno si illude come può, io mi illudo così.*

Fatto è che non mi sono sentito di riproporre il doppione dell'anno scorso, così sono arrivato a questa soluzione: quest'anno sarà "Parigi-Genova", *con sottotitolo* "Cantautori e *chansonniers*, in ricordo della musica di Fabrizio de André". *E non sarà più una commemorazione, ma sarà una serata all'insegna della buona musica, della canzone d'autore italiana e anche francese, sarà una piccola e breve panoramica su pochi cantautori genovesi e italiani e pochi cantautori e chansonniers francesi, ma, come sempre, sarà una panoramica di alcune tra le più belle canzoni di De André, soprattutto nella seconda parte ve ne proporrò molte.*

L'associazione di idee tra le città di Parigi e Genova mi sembra semplice.

Certa canzone d'autore italiana, in particolare genovese, ha molti punti in comune con la canzone d'autore francese.

Fabrizio stesso tradusse delle canzoni dal francese per renderle popolari anche in Italia, ma non solo Fabrizio, anche Gino Paoli con Jeaque Brel, con Leò Ferré, Bruno Lauzi con Moustaki, e poi Genova è molto simile alle città di mare della Francia: Nizza, Marsiglia, il porto, i vicoli; la gente che ha amato e cantato de André è molto simile alla gente che ha cantato Brassens.

Ricordate qualche vecchio film francese con Jean Gabin? Quel bravo attore che spesso interpretava personaggi della malavita francese? Almeno in uno di questi film, Le mura di Malapaga, *c'era il legame tra la malavita marsigliese e quella genovese, e la "città vecchia" che racconta Fabrizio è senza dubbio la parte vecchia di Genova, ma credo che possa anche essere la parte vecchia di Marsiglia o di Parigi, i personaggi di cui ci parla in questa sua canzone sono i cittadini di una città "ideale"; "ideale" in una dimensione poetica.*

E così vi proporrò certamente, come l'anno scorso, Brassens coi suoi classici, Leo Ferré con la sua poesia, Moustaki, ma anche Aznavour con le sue storie di vite difficili[18] di personaggi di una qualche "città vecchia", Gilbert Becaud con la sua stupenda forza, con la sua energia, con la sua "francesità" e poi Tenco con la sua malinconia, Paolo Conte, uno dei pochi italiani se non l'unico che a Parigi riempie l'Olimpia di francesi, Vecchioni, grande cantautore italiano, professore di liceo, che ha cantato anche i poeti francesi e che ho voluto conoscere di persona, e perché voglio farlo entrare comunque in questo "Club ideale" che è "Parigi-Genova".

E tutto questo, indipendentemente dal fatto che io canti bene o male e indipendentemente dal fatto che verranno proposti generi e stili diversi, sarà musica d'autore, un mondo nel quale Fabrizio è il maestro.

E dopo tutta questa fase preparatoria arriveremo alla sua musica, che è il principale motivo per cui ci troviamo qui questa sera. Ascolteremo le sue melodie, le sue ballate, le sue poesie, vedremo come sia sempre riuscito a dare una pacca sulle spalle a tutti e fare in modo che coloro che sono stati sconfitti da questo mondo non si debbano considerare anche dei "vinti", perché una cosa è "essere sconfitti", altra cosa è "essere dei vinti". Vedremo come tutti in questo mondo hanno il diritto di vivere la loro vita, anche quelli a cui "il copione" ha riservato la parte più scomoda, più sfortunata. Vedremo

---

[18] Il riferimento vuole essere alla canzone di Aznavour *Comme ils disent*, "Quel che si dice", che parla della difficoltà incontrate nella vita dagli omosessuali. Canzone nel programma quella sera.

come il suo amore per l'uomo sia riuscito a trasformare picco-le storie di cronaca nera in favole[19], come sia stato capace di immedesimarsi col dolore degli indiani in quella storia che si chiama "la civilizzazione dell'America"[20], vedremo come sia stato capace di piangere le vittime delle guerre, delle fazioni[21], vedremo come sia riuscito a dare non solo dignità, ma anche fierezza alle Bocca di Rosa[22], e a fare diventare i vicoli di Genova delle poesie amate in tutto il mondo[23], come abbia trasformato delle tarantelle in musica incredibilmente bella, trascinante[24], vedremo come una canzone scritta in stretto dialetto genovese possa diventare un simbolo di buona musica, di canzone d'autore[25].

Questo è Fabrizio De André, questo è il Poeta di Genova.

Dimenticavo di dire una cosa: la parola "chansonnier" nel senso francese si riferisce ad artisti come Maurice Chevalier, Charles Trenet, autore di canzoni come La Mer, Douce France, *che è venuto a mancare proprio il mese scorso e ha lasciato un grande vuoto tra i francesi. Cercando la parola "chansonnier" nel vocabolario si trova: artisti che si esibiscono nei cabaret con canzoni divertenti; io pensavo che "chansonniers" volesse dire altro: interprete o cantautore, ma non solo, artista completo che sappia comunicare emozione con le canzoni e con le interpretazioni che ne dà, che si esprime sul palcoscenico con tutte le forme d'arte di cui è capace e che sappia comunicare emozione con la sua stessa vita; ho in mente Bras-*

---

[19] Riferimento a *La canzone di Marinella*.

[20] Riferimento a *Fiume Sand Creek*.

[21] Riferimento a *Desamistade*.

[22] *Bocca di rosa*, titolo canzone di De André.

[23] Per esempio *Via del Campo*.

[24] Riferimento a *Dolcenera*.

[25] Riferimento a *Crêuza de mä*.

sens, Montand, Ferré... Di questa mia interpretazione ero confortato anche da certi articoli di giornali che mi sono piaciuti molto, i quali titolano: «Fabrizio De André, l'unico chansonnier italiano» e altri articoli di questo genere. Ma sono arrivato a una conclusione che mi sembra molto equa, ed è la seguente.

Naturalmente è giusto il modo in cui interpretano questa parola i francesi, ci mancherebbe altro... sarebbe un po' come se qualcuno venisse a Genova e volesse insegnarci a fare il pesto o la focaccia genovese. Ma non credo si possa dire, semplicemente, che hanno ragione i francesi e torto io, oppure, al contrario, che ho ragione io e torto i francesi... Molto più semplicemente e più verosimilmente credo che si possa dire che la parola "chansonnier" che i francesi associano ad artisti come Maurice Chevalier, in Italia sta acquistando un significato un po' diverso e in questo senso io mi sento di associarla ad artisti del calibro di Paolo Conte e di Roberto Vecchioni e mi piace quell'articolo che diceva: «De André, unico chansonnier italiano». In ogni modo, tra tutti quelli che vi proporrò questa sera, sarete voi a decidere, se vorrete, chi è Cantautore, chi Chansonnier, oppure chi è semplicemente "Grande".

Genova-monte Ararat
In moto, via terra, in solitaria. Dai miei appunti di viaggio

Attraverso Italia, Slovenia, Croazia, Serbia, Bulgaria, Turchia, altopiano dell'Anatolia. Nei pressi dei fiumi Tigri ed Eufrate, al confine con l'Armenia, vicino ai confini di Siria, Iraq e Iran.

Sabato 20 giugno 2009
Partenza da Genova ore 06:05.
Arrivo Belgrado ore 21:30.
Trovato hotel con posto moto privato a euro 30,00.
Km percorsi 1.200. (Pioggia e freddo per tutto il tragitto).

Domenica 21 giugno 2009
Partenza da Belgrado ore 08:15.
Arrivo Istanbul (periferia verso Ataturk) dopo aver attraversato Slovenia, Croazia, Serbia, Bulgaria, Turchia.
Ore 23:30 trovato hotel lussuoso euro 99,00 (Internet da televisore, complicatissimo da utilizzare).
Km percorsi 1.000.

Lunedì 21 giugno 2009

Colazione a Istanbul, mi siedo in un locale e vedo passare in continuazione vassoi pieni di bicchierini colmi di un liquido che ricordava il punch al mandarino. Ma con questo caldo e già di mattina? Hai capito i Turchi? Solo dopo un bel po' ho capito che la bevanda era tè.

Partenza da Istanbul ore 10:00 e, per il momento, mi dirigo verso Ankara perché il monte Ararat è ancora solo un sogno. Attraversamento dello stretto del Bosforo. Iniziano le foto viaggiando in moto...

Arrivo Ankara ore 17:30. Hotel Denize, molto brutto, solo euro 15,00. Moto sul marciapiedi attaccata a vetrina hotel, molto in vista. Passeggiata nel centro della città. Ricerca di un ristorante, buon pranzetto in una via principale, locale carino con menu turchi vari. Alla mia richiesta di una birra mi è stato portato un tè e poi, su altra precisa richiesta, Coca Light. Solo dopo qualche altro centinaio di chilometri qualcuno in francese mi ha detto che la birra in Turchia è "interdit" e me ne ha portata una avvolta in carta di giornale.

Ritorno verso l'hotel con una certa fatica per ritrovarlo. Nel percorso qualche foto venuta scura. Mentre ne stavo scattando una di una costruzione molto bene illuminata ho sentito una serie di fischietti furiosi e guardie militari armate che mi imponevano con una certa enfasi di non fotografare... Ero a fianco a qualcosa di militare senza essermene reso conto.

Km percorsi 450.

Martedì 22 giugno 2009

Partenza da Ankara per la Kapadokya attraversando le terre tra Ankara, Aksaray e Nevsehir. Foto al bel gatto di due viaggiatrici inglesi a bordo di un'auto inglese di vecchio modello, per continuare potendo godere del passaggio in mezzo a una terra bellissima costeggiata da un immenso lago di un colore rosato. Arrivo a Nevsehir per continuare ancora attraversando scorci di paesaggi naturali antichi arricchiti da bellissime rocce scavate dal tempo che assumono forme particolari e che per questo in certi tratti vengono chiamate "Il cammino delle fate", ma questo è un nome per turisti, per me sono bellissime rocce che hanno visto passare su di loro molte ere.

Già da quando ero entrato in Turchia avevo notato un cielo diverso. Un cielo che fa fantasticare su qualche dio, che sia questo, un dio islamico, ebraico o che altro…

Via via che si procede verso oriente la sensazione aumenta in modo esponenziale. I cumuli di nuvole paiono dimore per esseri soprannaturali. La terra profuma in un modo strano, un misto indefinito di terra, gas e qualche spezia sconosciuta.

Il profumo è molto forte, quasi narcotizzante.

Stradoni solitari… e nubi fantastiche…

Rientro dalla Kapadokya, ma questa volta il Gps (non provvisto di mappa della Turchia) punta direttamente al monte Ararat, seppur con tutte le tappe che ancora mi aspettano e con tutti i chilometri che, a quel punto, so che dovrò ancora percorrere.

Prima città di un certo rilievo è Sivas, ma non mi interessa, mi interesserebbe solo arrivarci in giornata, tuttavia mi fermo a circa 100 km perché già molto tardi e le strade cominciano a essere, per il momento solo a tratti, molto brutte.

Mi fermo per mangiare qualcosa in uno dei loro "restaurant" siti a fianco ai distributori di benzina, su quei loro lunghi stradoni anche a doppia carreggiata, nei due sensi, che più a est ti spingi, più i locali diventano semplici, con una specie di banco frigorifero (spesso senza frigorifero) e qualche cibo, a volte solo insalata e due uova sode e/o un formaggino. Invece lì mi portano un buon stufato di montone. Ne chiedo ancora e di loro iniziativa mi portano delle cosce di pollo, perché di stufato non ce n'era più.

In quello sperduto locale nel cuore della Turchia salta fuori quella famosa birra avvolta in carta di giornale. Una festa, e la serata procede in compagnia di quella gente: io non capisco niente o quasi di quello che dicono loro, per me è turco... loro non capiscono niente di quello che dico io... Per caso parlo turco? La serata finisce che, vista l'ora, insistono perché rimanga a dormire da loro, nei loro locali. Non mi faccio pregare tantissimo. Su un lettino ci sono vari pantaloni e camicie che evidentemente qualcuno vi aveva appena lasciato sopra, su quello in cui dormirò io c'è una coperta e un cuscino portati su apposta per me. Il materasso è quasi completamente senza fodera. L'aspetto, naturalmente, è meno che invitante.

C'è solo una lampadina al soffitto e per la toilette devo scendere giù nel gabinetto alla turca adoperato da chiunque.

Quando ho deciso di venire in Turchia l'ho fatto per vivere il più possibile la loro realtà, me la sono cercata. Cosa voglio di più? Mi faccio passare la paura di eventuali furti di portafogli e tutta la mia povera roba. Mi fido, ho deciso così. La moto viene sistemata dentro al "restaurant", proprio nella sala, al sicuro. Vado alla toilette, torno nella mia stanza. Decido di dormire senza spogliarmi, a causa della visibile mancanza d'igiene. Spengo la luce.

Km percorsi oggi, in totale, 650.

Giovedì 24 giugno 2009
Saluti islamici: «Salam, salam» con la mano sinistra appoggiata due volte sul petto e un leggero inchino.

... E saluti europei: baci e abbracci coi gestori del locale che mi hanno ospitato per la notte e loro amici...

Partenza da quel locale a 100 km da Sivas ore 06:45.

So che in giornata dovrò superare le città di Erzincan ed Erzurum e poi forse arrivare alla meta...

Nei miei progetti di viaggio con le cartine (che non coprono tutta la Turchia, ma solo quella che viene considerata europea, quindi fino a poco più in là di Istanbul) e quindi col software del Gps, da casa, anche se non avevo avuto il coraggio di confessarmi che sarei voluto arrivare al monte Ararat, perché non credevo di averne né la capacità, né la resistenza, queste due città erano già una meta agognata e importante perché, una volta superate quelle, la meta non sarebbe stata più irraggiungibile.

Proseguo la marcia imperterrito con la mia robusta Honda (da oggi: Macinator).

Supero centinaia e centinaia di chilometri spingendomi sempre più all'estremo est, consapevole che le strade che sto percorrendo non si possono più considerare europee. Infatti a quel punto sono spesso semplici stradoni in pessime condizioni, a volte solo con pietre e basta. La moto si trova spesso a superare buche improvvise e non segnalate che mi fanno preoccupare sia per la tenuta del telaio che per la tenuta dei copertoni. Spesso in mezzo alla strada, infatti, ci si imbatte in pezzi di copertoni di tir. L'andatura deve scendere notevolmente e sei fortunato quando riesci ad andare ai 30 km/h, spesso ti ritrovi ad andare a passo d'uomo.

Ma ogni tanto qualche tratto percorribile anche ai 60-90 km/h, salta fuori, e allora cerchi di recuperare.

In compenso i paesaggi sono incredibili… Eccezionali.

I borghi scorrono lungo le strade, i temporali, da quando ho lasciato l'Italia sono stati all'ordine del giorno; anche due o tre al giorno. La temperatura durante i temporali scende di parecchio costringendoti a doverti coprire di più, con tutte le relative soste non previste, ma messe nel conto tra le varie ed eventuali… E i fulmini in aperta campagna sono impressionanti e le gocce di pioggia turca fanno male fisicamente, anche se ti fermi perché non puoi procedere senza vedere più niente.

Supero a una a una le due città, comincia appena a imbrunire, assisto a un fenomeno strano, leggeri fiocchi bianchi cadono dal cielo...

Che sia la manna? Siamo nell'altopiano dell'Anatolia, tra il fiume Tigri e L'Eufrate... è la Mesopotamia?

È una bella nevicata, il 24 giugno.

Arrivo finalmente ad Agri, ultima città di un certo rilievo prima dell'Armenia, a circa 120 km dal monte Ararat.

È buio, vorrei proseguire per essere certo di stare nei tempi. Dirigo la moto per uscire dalla cittadina, ma mi accorgo di essere senza anabbaglianti, si è bruciata la lampadina. Non posso proseguire usando solo l'abbagliante, anche se il traffico è inesistente.

Inverto la direzione e mi fermo davanti a un gruppetto di ragazzi per chiedere dove posso trovare un hotel. Mi rendo conto di essermi fermato proprio davanti a un elettrauto.

Si fanno in quattro per cambiarmi la lampadina e mentre il ragazzo lavora sulla mia moto e tira fuori la lampadina giusta dal suo magazzino, mi mette a disposizione il suo computer.

Riesco a collegarmi al mio forum e do, stringatamente, le ultime notizie per tranquillizzare quella povera "crista" che sta seguendo il viaggio: mia moglie Maria (povera e santa donna).

Il ragazzo elettrauto è curioso e vuole sapere di me, allora gli faccio vedere da qualche foto dei miei siti come sono io nella normalità.

Capisce che nonostante i capelli rapati a zero, per l'occasione, quello che vede su Internet sono davvero io. Bravo ragazzo! Mi hai risolto il problema della lampadina! Ti meriti una foto di ringraziamento in questo report!

Cerco un hotel. Arrivo al centro della cittadina, lo trovo. Mi preoccupo di sistemare la moto prima di scaricarla. Il gestore dell'hotel me la fa chiudere dentro una specie di cantina dove sia entrare che uscire è molto difficoltoso... Ma alla fine la moto è ancora al sicuro. Vedo la camera: letteralmente schifosa. Due lettini con delle trapunte piegate per lungo sopra.

La trapunta del letto che mi ha indicato da utilizzare è piena di macchie dall'aspetto organico di dubbia provenienza.

Fuori sul marciapiedi avevo visto una signora molto grassa e biondissima che non aveva veli sul viso…

Vorrei fare una doccia, mi conduce al piano terra in uno stanzino senza intonaco, il pavimento un acquitrino, negli angoli ci sono cicche di sigarette dappertutto, non ho portato giù le ciabatte. È davvero un problema, e non scherzo.

Faccio l'equilibrista per riuscire a entrare nella vasca – che non ispira nessuna fiducia – senza appoggiare i piedi nudi in quell'acquitrino sul pavimento.

Mi lavo alla bell'e meglio stando in piedi. Altri equilibrismi per vestirmi stando un po' dentro e un po' fuori la vasca.

Torno su in camera. Esco per andare a mangiare qualcosa. La cittadina non dà l'idea del pulitissimo. Mangio, trovo un Internet point (anche lì). Ritorno in hotel, decido di utilizzare l'altro lettino. Anche stavolta non ho il coraggio di togliermi gli abiti coi quali ho viaggiato tutto il giorno e che non sono certo puliti neanche loro. Ma almeno è sana sporcizia mia.

Mi caccio sul letto così.

Km percorsi 684.

Domani il monte Ararat!

Venerdì 25 giugno 2009
Ore 05:55, partenza da Agri verso il monte Ararat a circa 120 km.

Dopo aver passato la notte in quell'hotel non avevo nessuna voglia di rischiare di farmi portare una colazione, né di lasciarci anche i miei bisogni fisiologici. Infatti tiro fuori la moto dalla cantina, la carico e parto, sapendo che nel tragitto, in quei lunghi stradoni solitari che passano in mezzo a quelle meravigliose colline, avrei senz'altro trovato un posto tranquillo, dietro qualche roccia un po' all'interno.

Lo trovo, posteggio ai margini della strada, prendo l'occorrente da uno dei bauletti della moto e inizio a salire: la meta, questa volta è una bella roccia che mi nasconderà alla vista di chiunque. Non faccio in tempo a fare dieci/venti metri, che una camionetta militare si affianca alla mia moto e un militare mi urla energicamente qualcosa. Là i militari urlano sempre.

Non mi scompongo, alzo il braccio che teneva in mano il necessario per la bisogna (un grande rotolo di carta igienica) e quelli si chetano e se ne vanno.

Adesso la pace è assoluta, posso farla in santa pace. Cerco di andare dietro la roccia, ma metto un piede in una melma che mi fa sprofondare. Prego che non sia il prodotto di qualcun altro che aveva il mio stesso bisogno. Cerco di pulire la suola dello stivaletto su delle pietre e poi salgo su un pietrone per posizionarmi.

Un attimo, scivolo a causa della suola ancora pregna di melma, cado, do una forte schienata nella pietraia più in basso e, come se non bastasse, prendo una bella storta alla caviglia sinistra. Rimango steso a gambe in su in una posizione scomodissima e molto indolenzito, alla schiena e alla caviglia. Dopo qualche buon minuto tento di rialzarmi, ma l'impresa è molto difficoltosa. Non posso muovere il piede.

Che faccio?

Già finito il viaggio? Devo attendere che quei militari ripassino e vedano ancora la moto lì, per sperare in un soccorso?

Mi alzo comunque, a fatica espleto il mio bisogno iniziale. Mi riavvio verso la moto, sono zoppo e dolorante alla schiena. Salgo in moto, l'avvio e provo ad andare. La caviglia senza il peso del corpo sopra non fa eccessivamente male.

Proseguo per l'Ararat!

In quel punto ormai, oltre l'orizzonte della strada sarà piena Asia, oltre a quella che ho già percorso.

Continuo la mia strada e dopo 50 km circa lo intravedo. Non posso credere di esserci. Non posso credere che sto per raggiungere il mio obiettivo. Vedo un gruppetto di operai, uno dei tanti che ho visto nei giorni precedenti, che lavorano per sistemare le strade. Mi fermo e, a gesti, e pronunciandone il nome – che loro non capivano – chiedo se quello sullo sfondo, che si vede ancora molto sfumato, è veramente il monte Ararat. Rispondono di sì e mi fanno cenno di fotografarlo. Lo faccio e continuo la mia strada. Vado avanti e man mano che i contorni sono più definiti scatto foto, foto, e ancora foto.

Finalmente arrivo nel punto più vicino possibile dalla strada, per vederlo da più vicino bisognerebbe avviarsi a piedi e fare molte centinaia di metri, ma sono sicuro che spunterebbe fuori qualche militare dal niente impedendomi di continuare la marcia. Fotografo ancora.

È stupenda quella montagna, così isolata, tra la Turchia e l'Armenia. Proseguo per cercare di ammirarla anche dall'altra parte. La strada diventa impossibile da percorrere, davvero impossibile per una moto.

Che ci sia o no una dogana, siamo in Armenia, e a due passi dalla Georgia. Spengo il motore e fotografo la strada e una cittadina che si nota nella pianura, oltre una collina, sono sicuro che è la città di Ararat. Sono felice che non ci sia nessuna bancarella di souvenir o anche solo di acqua minerale.

C'è solo la natura così come Dio l'ha creata... e solitudine.

Anche la moto si gode il silenzio...

Bellissimo! Grande!

Dall'Ararat a Istanbul

Nel tornare indietro qualche ultima occhiata alla grande montagna.

Ancora 25 giugno, ore 08:35. Rientro a Istanbul.

Inizia il ritorno verso Istanbul, la cui visita avevo rimandato giusto per il ritorno. Devo raggiungere Istanbul in due giorni per potermi fermare e visitarla per quanto possibile. Questi sono i conti che avevo fatto a tavolino! E un grande viaggio si può compiere solo se si rispetta il programma, per quanto teorico, duro e impossibile questo possa essere.

Quindi il mio obiettivo per oggi è di superare le città di Erzurum e di Erzincan e avvicinarmi di nuovo a Sivas, alla quale non dovrò arrivare per deviare direttamente sulla strada per Istanbul.

Nel tragitto approfitto come sempre, per quel poco che mi è possibile, per interagire con la realtà dei luoghi, fermandomi a parlare con la gente dei posti che, via via, supero.

Entro nella loro realtà.

Mi fermo a circa 150 km da Sivas in un bell'hotel sulla strada. Ma arrivo bagnato fradicio a causa di un violento temporale che mi segue per quasi tutto il percorso.

La moto, che ha qualche problema nel reinserire la chiave d'avviamento, dopo aver preso accordi con l'hotel, la sistemo a fianco della bella moto dell'impiegato della reception – l'unica di rilievo che ho visto in Turchia, le altre erano tutti motorini scassati. Mi aiutano in due o tre a cercare di reinserire la chiave nel blocchetto, ma è secca, storta, sembra di latta. Non si sa più cosa fare. Risolvo il problema scandalizzando i Turchi… tiro uno sputacchio sulla chiave, su ambedue i lati, per lubrificarla.

L'addetto alla reception mi guarda sorpreso e anche un po' schifato; altri due o tre tentativi e funziona, metto in moto tra la soddisfazione di tutti. Posteggio.

Mi sistemo nella bella camera, questa volta c'è tutto quello che occorre compreso un bel letto pulito e comodo, oltre alla doccia e qualche altro confort.

Scendo nella hall, individuo il salone ristorante, frequentatissimo da viaggiatori di ogni tipo, orientali e occidentali; ceno, ritorno in camera, mi faccio la doccia. Sono a posto, ma ho molto freddo, forti brividi. Se l'indomani fossi stato ancora in quelle condizioni difficilmente avrei potuto riprendere la marcia. Mi ricordo che mia mamma quando avevo la febbre mi faceva prendere la medicina indicata e mi diceva che nella notte avrei sudato e l'indomani mattina non avrei avuto più niente. Io tra le mie medicine obbligatorie, mi sono portato anche dell'aspirina, ne prendo due compresse. Mi caccio a letto presto, mi copro anche il capo, ho sempre tanto freddo.

Mi addormento e dormo benissimo svegliandomi di tanto in tanto in un bagno di sudore. Sembro uscito da sotto la doccia, ma mi ricopro e passa il freddo e un dolce torpore di benessere mi avvolge per tutta la notte.

Km percorsi 575.

Sabato 26 giugno 2009
Mi alzo che sto benissimo, faccio colazione e mi rimetto in viaggio, oggi devo assolutamente arrivare a Istanbul.

Dopo altri 1.000 km ci arrivo, sotto i soliti temporali, non passo da Sivas, come detto, ma supero Tosya e mi ricordo della raccomandazione fattami – tramite un forum di motociclisti – da un altro viaggiatore che, caduto con la sua moto pochi giorni prima su quella strada ai 120 km/h e non essendosi fatto male, ha trovato il tempo, durante il suo viaggio, di raccomandarmi di stare attento su quelle strade.

Infatti sto attento, capisco qual è la strada, pericolosa a causa di solchi infidi come rotaie di un tram per tutto il percorso nel bel mezzo della carreggiata. Tasto bene il terreno con la moto e questa, anche sul terreno umido di pioggia, tiene molto bene.

Arrivo dunque verso le due di notte nel dedalo che è la rete stradale che circonda Istanbul, ma per azzeccare l'uscita giusta, quella che mi dovrebbe portare in un hotel del centro, ci vorrebbe un indovino. Infatti finisco in piena notte in una coda di camion della spazzatura diretti verso il deposito per svuotare il loro contenuto.

Dopo qualche altro tentativo, naturalmente sbagliato, vedo un taxi fermo vicino a un marciapiede e l'autista seduto su una panchina a godersi un po' di brezza della notte. Mi fermo e a gesti gli faccio capire che gli pago la corsa fino a un hotel del centro della città, ma che lo seguo in moto. Capisce subito, sale in macchina, io lo seguo e dopo pochi minuti mi ritrovo nel centro di Istanbul nel Sultanamhet in un lussuosissimo albergo. Metto la moto in garage, porto i bagagli nella confortevolissima camera con un letto che sembra a quattro piazze, faccio mettere il cartellino di non disturbare, mi lavo con tutta calma, mi metto nudo sul letto, e sono un sultano.

Alla televisione in quasi tutti i canali scorrono delle belle immagini di concerti di Michael Jackson, mi stupisco perché non avrei mai pensato che fosse così popolare in Turchia. Solo al rientro a Genova seppi della sua morte, per quello c'erano i servizi alla televisione su di lui anche in Turchia.

In un canale scorrevano immagini di politici italiani e magistrati. Vidi il presidente del consiglio di allora e un'intervista al magistrato Ayala che riferiva nella sua lingua originale (la mia) coi sottotitoli in turco, con aria sicura e come se fosse cosa certa, di coinvolgimenti del presidente del consiglio in affari poco puliti di stampo mafioso.

In Italia quell'intervista così chiara in confronto ad altre interviste che concedevano sempre il beneficio del dubbio al presidente del consiglio non l'avevo mai vista pur seguendo quel tipo di trasmissioni. Mi addormentai.

L'indomani avrei fatto il turista a Istanbul.

Domenica 27 giugno 2009

Naturalmente dopo essere arrivato a Istanbul in nottata ed essermi messo a letto verso le 04:00 di mattina, non mi sogno neppure di farmi svegliare per la colazione, ma dormo fino a tardi. Arrivando in hotel, di notte, avevo chiesto alla reception se potevano consigliarmi un tour di Istanbul per vedere i posti più interessanti. Naturalmente il tour era previsto e l'ho prenotato subito.

Infatti scendo nella hall e chiedo del tour delle 13:00, mi fanno accomodare dicendomi che il pulmino che viene a prendere i partecipanti passerà a minuti.

Arriva, lo prendo e lo stesso mi porta fino al luogo in cui tutti i turisti salgono nel pullman turistico che farà il giro di alcuni punti interessanti della città. Per la prima volta da quando ho lasciato l'Italia sento parlare italiano; c'è una famiglia italiana a cui rivolgo la parola in segno di saluto dicendo: «Finalmente sento parlare italiano!». La risposta sbrigativa del capofamiglia è stata: «Capita...». Unico contatto in Turchia con gente italiana. Confermo quello che da un po' di tempo penso con sempre maggior convinzione: i turisti, compreso me stesso quando faccio il turista (ma in quell'occasione io non ero un turista bensì un viaggiatore), non mi piacciono.

Il tour è denominato "Ottoman relics" e comprende la visita della parte di Istanbul che passando per alcune vie principali della città e dal porto, da cui sulle alture si vede anche la Torre

Galata in cui abitavano i commercianti genovesi intorno all'anno 1400, mi porta a:

- Rustem Pasa Mosque, disegnata dall'architetto Sinan per il Grand Vizier di Suleyman il Magnifico. Tipico esempio di architettura islamica;

- Topkapi Palace, residenza dei sultani ottomani, con relativa visione del tesoro imperiale, reliquie sacre islamiche, compreso il bastone di Mosè – così c'era scritto – antiche porcellane cinesi, scritti antichi e anche la visita autonoma, per chi lo desidera, dell'harem dei sultani.

Alla fine del tour è ancora presto, quindi non approfitto del passaggio del pulmino che mi riporterebbe al mio hotel, ma mi fermo in centro per visitare:

- La Moschea Blu che a quell'ora era ancora aperta, bellissima e seconda Moschea per grandezza al mondo dopo la Mecca;

- Il Gran Bazar, famosissimo grande quartiere di Istanbul adibito esclusivamente al commercio al minuto di una vasta varietà di oggetti e spezie varie, oltre che di tappeti.

Arriva l'ora di cena, mi fermo in un ristorante di una delle vie centrali, ordino qualcosa di turco. Dopo qualche minuto vedo arrivare un piatto di spaghetti per una famiglia turca che mangia nel tavolo dietro al mio. Mi mangio le mani per non aver provato a chiedere al cameriere se, per caso, sapessero cosa fossero gli spaghetti, dopo tutti quei giorni in cui ho mangiato qualsiasi cosa turca mi abbiano messo in un piatto.

Ho visto abbastanza di Istanbul, e d'altra parte Istanbul non era la mia meta primaria. Posso tornare in albergo, passare una comoda notte nel letto a quattro piazze, con l'aria condizionata. Insomma, posso prepararmi psicologicamente e fisicamente per il rientro in Italia, sempre via terra, sempre in due tappe impossibili: Istanbul-Belgrado, Belgrado-Genova.

——

Lunedì 28 e martedì 29 giugno 2009
Non descrivo nei particolari il viaggio di ritorno come non ho descritto nei particolari il viaggio dell'andata fino alla Turchia. Dico solo che mentre il viaggio di andata era un viaggio alla scoperta del nuovo, oltre che alla scoperta di me stesso, quello di ritorno è stato più duro: le due tappe le ho volute fare e ce l'ho ancora fatta, ma le difficoltà sono state maggiori.

Avevo consumato tutta l'adrenalina del viaggio d'andata e gli ultimi chilometri del ritorno non finivano più. A Piacenza ho sbagliato svincolo e stavo tornando verso Brescia per tanti chilometri. Da Serravalle Scrivia, ultimi 56 km, strada che percorro abitualmente, non riuscivo ad andare a più dei 30 km/h perché non vedevo più chiaramente la strada e avevo grossi problemi nel mantenere la moto in equilibrio.

E l'autostrada che stavo percorrendo, la Serravalle-Genova, era un'autostrada nuova, che non avevo mai visto prima. Ero meravigliato che nei pochi giorni di mia assenza si fosse riusciti a trasformare quella vecchia autostrada in una grande e confortevole arteria piena di curate piazzuole di sosta e aree di servizio per le quali si capiva bene che si era voluto curare molto l'aspetto estetico e anche l'aspetto scenografico. D'altra parte c'erano cantieri aperti con operai che stavano lavorando anche a quell'ora notturna; ecco spiegata quella trasformazione nel giro di pochi giorni.

Sono arrivato a casa alle 23:00 dopo aver inviato un messaggio col cellulare a mia moglie un paio d'ore prima.

Avevo freddo e forti disturbi intestinali. Ho chiesto a mia moglie cosa avesse preparato da mangiare e candidamente mi ha risposto: «Niente! Per scaramanzia» (?).

Dopo pochi minuti era pronto un piatto di spaghetti al pomodoro ustionanti, che ho divorato avidamente, forse anche con le mani (?). Mai mangiato niente di più buono, in assoluto! Mi metto subito a letto con due aspirine, sudata notturna, febbre a 39 l'indomani, ma il giorno dopo, come previsto a tavolino giorni prima, sono normalmente in ufficio.

«Buongiorno!».

«Buongiorno… quali novità sulla scrivania?».

Note, pensieri e riflessioni finali sul viaggio

Solo dopo un paio di settimane, ripercorrendo l'autostrada Serravalle-Genova sia all'andata che al ritorno, ho constatato che l'autostrada era sempre la stessa e che non c'era stata nessuna innovazione.

Da quale altra autostrada Serravalle-Genova sono arrivato, quindi, a casa mia?

——

Questo viaggio ha rappresentato un percorso che mi ha permesso fisicamente di raggiungere i miei luoghi dell'anima.

Il viaggio è una metafora ed è dedicato ai grandi uomini come Gesù Cristo e Maometto, che hanno sentito forte il bisogno di spiritualità e l'hanno saputo trasmettere all'umanità con grande forza.

È dedicato anche a mia mamma, mancata pochi mesi fa, dopo venti giorni di sofferenze che l'hanno purificata e preparata al trapasso sereno, mentre intorno al suo letto, nel mondo, si continuavano a rappresentare misere tragedie e lieti eventi.

A mio padre, mancato pochi anni fa, appassionato di moto, che già negli anni Settanta aveva fatto un viaggio in solitaria con la sua Guzzi, andando nel nord della Germania.

A mio nipote Mattia, nato pochi mesi fa, che non conosco.

A mia moglie Maria, che mi ha dedicato la vita.

A tutti coloro che mi vogliono bene e che mi accettano per quello che sono.

Ma nel mio viaggio ho ancora molta strada da percorrere perché non lo dedico alla gente meschina, né ai poveri di spirito, né agli amici falsi, né ai figli superbi, né ai piccoli uomini.

Amici, figli, fratelli sono coloro che incontri per le strade del mondo e che, da viandante, ti offrono acqua e una coperta.

Genova-Capo Nord
In moto, via terra, in solitaria. Dai miei appunti di viaggio

La mia situazione lavorativa è giunta alla fine. La crisi l'ho sentita anch'io, e la pago. L'ho pagata in mesi e mesi di stress, di esaurimento, di trattativa col datore di lavoro. Ma considerato che nonostante tutto, ho ottenuto un piccolo scivolo che mi permette di arrivare integro, o quasi, a maturare i requisiti della pensione, anche quest'anno voglio permettermi un viaggio con la mia motocicletta, Macinator.

Avevo chiamato così la mia Honda Deauville 700, perché l'anno scorso, più o meno nello stesso periodo, dopo pochi mesi che l'avevo acquistata, mi aveva portato a fare un bel viaggio di circa 8.000 km fino al monte Ararat macinando chilometri su chilometri ogni giorno.

Così sabato "all'alba partirò". Dirigerò la mia moto verso nord col sogno di andare ad ammirare nazioni, paesaggi, albe e tramonti sconosciuti. Andremo, io e Macinator, e ci fermeremo in campeggi ai bordi delle strade, in piccoli motel di fortuna e ci riforniremo come capiterà e quando capiterà. La meta è molto ambiziosa, Capo Nord, e la strada è lunga. Non so se ci riuscirò, non ho più vent'anni, e nemmeno quaranta.

Non so neppure se la moto reggerà ancora un altro viaggio come quello dell'anno scorso senza crearmi problemi, ma devo staccare la spina da tutto e vivere per un po' di giorni solo con me stesso, ammazzandomi di fatica e di natura.

Un viaggio di nuovo via terra, senza navi e traghetti, utilizzando solo i ponti che, in Danimarca da Odense, e poi dalla Danimarca alla Svezia, mi permetteranno di non scendere dalla moto.

Lo spirito è sempre lo stesso, cavalcare, cavalcare e arrivare alla meta.

—

Corri cavallo, corri ti prego
fino a Samarcanda io ti guiderò,
non ti fermare, vola ti prego
corri come il vento che mi salverò
Oh oh cavallo, oh oh cavallo,
oh oh cavallo, oh oh cavallo, oh oh[26].

—

Sabato 22 maggio 2010
Genova-Amburgo, 1.300 km.
Partenza ore 08:45.
Supero il primo confine italiano e mi appaiono i primi paesaggi della Svizzera. Dopo 1.300 km arrivo in un motel subito dopo Amburgo. Sistemo l'armatura, l'elmo e il vestiario su sedie tavolo e divano. Un buon riposo mi attende prima di riprendere il viaggio.

Domenica 23 maggio 2010
Al risveglio, uscendo dal motel per caricare la moto, una bella signora tedesca si fa avanti e mi dice che anche il marito,

---

[26] Frase presa dal testo della canzone *Samarcanda*, di Roberto Vecchioni.

che è mancato, era un motociclista, e che facevano dei bei giri in moto, anche se lei si stancava dopo i primi chilometri, ma a lui non lo diceva per non rovinargli il divertimento.

Mi scatta una foto ricordo e gliene scatto una anch'io scherzando: «Facciamo un po' ingelosire mia moglie», lei si sistema familiarmente in posa, appoggiata alla moto, e in un neanche pessimo italiano risponde: «Così imparare a lasciare *antare* marito solo!».

Riprendo il viaggio per la seconda tappa che all'inizio pensavo sarebbe stata Stoccolma, optando poi per Uppsala per macinare qualche chilometro in più e portarmi avanti nella strada. Arrivo ad ammirare i primi panorami danesi dalle strade che mi porteranno a Odense e sui ponti della Danimarca fino in Svezia. Arrivo in Svezia e inizio ad attraversarla diagonalmente, verso Stoccolma. Il pomeriggio mi appare con una luce diversa dall'usuale, appare anche un arcobaleno che è ben poco arcuato, anzi, è proprio dritto mentre si infila dentro le nuvole. Lo considero un buon auspicio per il viaggio.

Arrivo a Uppsala alla fine del secondo giorno dopo aver percorso altri 1.300 km circa. Nella strada durante il cammino avevo visto che davanti ai camping c'erano dei cartelli che avvisavano che avrebbero aperto dal 1° giugno al 15 luglio, qualcuno esponeva il numero di telefono per poter rintracciare il gestore anche prima dell'apertura ufficiale, ma al momento rinuncio perché, penso: "chi chiamo se non so parlare lo svedese?", e scendo nei dintorni della città per trovare un hotel; non lo trovo e continuo a girare in moto cercando comunque di portarmi avanti con la strada. La temperatura comincia a essere molto fredda specialmente di notte, anche se la notte buia a quella latitudine dura solo un'oretta. Mi fermo per mangiare in un'area di servizio. Poi mi siedo sulla moto e aspetto che torni l'alba per riprendere a viaggiare.

Lunedì 24 maggio 2010

In pratica mi ritrovo a iniziare la terza tappa senza aver mai smesso la seconda. Destinazione della giornata: Lulea, nella parte alta della Svezia, poco prima della Finlandia.

Percorro con gran piacere e neanche tanta stanchezza le strade che portano su fino a Lulea. La Svezia è molto bella.

Arrivo a Lulea rispettando anche i tempi previsti per questa tappa. Questa volta verso la fine del percorso ho preso tant'acqua e anche freddo alle mani. Ho avuto anche un po' di paura in una lunga strada a una sola carreggiata perché, pur essendo l'asfalto bagnato, e non potendo quindi andare tanto veloce, dei tir mi stavano incollati dietro cercando di superarmi e non sempre c'erano piazzole d'emergenza per potermi fermare e lasciarli passare. Per i camping stesso problema di Uppsala, chiusi. Scendo in città, una bella e ordinatissima cittadina.

Percorrendo le strade alla ricerca di un hotel mi si affianca un'auto con dei ragazzi rumorosi che non trovano di meglio che mostrarmi i loro posteriori nudi esponendoli dal finestrino. Faccio loro vedere che rido divertito mostrando anche il mio pollice alzato. Ma l'ho fatto solo per non contrariarli.

Non sapevo che gente fosse e come avrebbero reagito nel caso avessi fatto finta d'ignorarli, molto probabilmente avevano bevuto. Trovo un bell'hotel al centro che mi fa presagire prezzi esorbitanti, ma dovevo dormire al caldo. Chiedo una camera, ma la signora della reception mi guarda dalla testa ai piedi e mi dice che l'hotel è al completo.

Capisco, avevo sentito della storia di certi hotel che non danno camere ai motociclisti. Ma stanotte è freddo davvero e ho le mani congelate. Ho difficoltà ad andare alle toilette delle aree di servizio, con le mani ghiacciate non riesco a tirare giù e poi su le cerniere di tutti i pantaloni che ho addosso: la tuta tecnica imbottita e in più i pantaloni da pioggia da città della

Tucano che, insieme alla giacca, avevo dovuto indossare ad Amburgo per il freddo, e meno male che li avevo lasciati nel bauletto della moto, perché ero già lì che mi chiedevo: «Ma dove cazzo vado se ho già freddo in Germania?».

Inizia un'altra notte all'aperto sotto il cielo della Svezia, in prossimità della Finlandia. Siamo già nel Circolo Polare Artico.

Di nuovo area di servizio attrezzata, altro panino e bibita e altre lotte con le cerniere. Poi di nuovo in marcia, ma il freddo è irresistibile, piove. I guanti sono bagnati fradici nonostante le rassicurazioni di chi me li aveva venduti. Mi cerco una piazzola di un distributore di benzina chiuso, mi sistemo sotto la tettoia, seduto sullo scalino della porta d'ingresso al locale. C'è anche un forte vento *siberiano* (?), lo sento nonostante il casco che protegge. Tiro fuori un asciugamano dal bauletto della moto e lo indosso sotto il casco, a mo' di beduino; è di spugnetta di cotone e come riparo non è un granché. Non vedo l'ora che smetta di piovere per riprendere la marcia verso la prossima cittadina. Smette di piovere e arrivo ad Haparanda verso le 08:00 di mattina. Trovo subito un albergo che però è un po' caro, così ne trovo un altro con un settore ancora in costruzione, un po' fuori città; bello, confortevole, nuovo, in un anfratto di mare calmissimo come non immaginavo potesse essere in cima al mondo. Chissà perché nel mio immaginario avevo sempre pensato che il mare, in capo al mondo, dovesse essere sempre agitato; come quando ero stato a Tarifa all'estremità della Spagna, di fronte al Marocco, nel punto d'incontro tra il mare Mediterraneo e l'oceano Atlantico; lì era sempre increspato a causa, appunto, dell'incontro tra i due mari di diverso carattere, e si vedeva pure la linea di separazione (o d'incontro) dei due mari, che non volevano omologarsi l'uno all'altro. Qui, invece, nonostante si fosse a poche centinaia di chilometri dall'apice della terra, dove i continenti s'incontrano portando con sé tutta l'acqua che hanno intorno, il mare era una tavola.

Km percorsi circa 1.000.

Mi godo ventiquattr'ore di pace svedese, e di riposo. Faccio colazione, salgo nella camera calda e mi metto a letto per tutta la mattinata dormendo come un sasso. Mi sveglio, mangio qualcosa che tiro fuori dallo zaino, esco, prendo la moto, vado alla ricerca di uno sportello bancomat perché ho paura che non mi basti il denaro contante che ho portato visto che dalla Germania in su ho avuto parecchi problemi sia col bancomat che con la carta di credito; cosa che non mi era assolutamente successa nel viaggio dell'anno precedente, durante il quale, pur essendo nelle periferie dell'Asia, non avevo avuto alcun problema.

Evidentemente il circuito di cui mi aveva fornito la mia banca non era pienamente compatibile coi circuiti della più civile Europa. Rientro in hotel e faccio lunghe passeggiate ai bordi di quell'anfratto di mare, la pace che respiro in quei luoghi è davvero incredibile. Rientro verso sera, mangio qualcosa al ristorante e mi rimetto a letto fino all'indomani mattina.

Mercoledì 26 maggio 2010
Verso le 08:00 riprendo la marcia, ma l'imprevisto è lì che mi aspetta. Sono ancora in Svezia. Viaggio sotto una pioggerella che permette di andare alla velocità consentita 90-100 km/h. Un animale, che lì per lì scambio per un cervo, sbuca all'improvviso dalla foresta e in tre o quattro balzi m'incrocia cercando di superarmi attraversandomi la strada. Non potendo bloccare le ruote nella strada bagnata non posso fare altro che prepararmi all'urto inevitabile e mi pongo con la moto come per sostenere una forte folata di vento. In Turchia avevo per-

corso centinaia di chilometri viaggiando con la moto inclinata per sostenere la forza del vento.

C'è l'urto. L'animale, che era una renna, credo la prima che abbia visto, mi investe nel lato sinistro colpendomi anche il ginocchio. Io riesco a sostenere l'urto, fortunatamente non cado. Mi fermo a una trentina di metri slittando un po' a destra e un po' a sinistra nella strada sdrucciolevole. Scendo dalla moto e mi sento le gambe molle. Mi è andata bene, ma la renna non ha superato l'impatto. Una giovane renna inesperta, con le corna appena accennate, probabilmente alle prime uscite da sola. Mi dispiace davvero tanto.

Rimango col ginocchio dolorante a constatare i danni alla moto non essendo sicurissimo che la ciclistica non abbia risentito del colpo. I danni alla carena sinistra e al parafango anteriore sono evidenti, ma non mi preoccupano. Attendo che passi qualcuno per chiedere cosa posso fare per la renna, ma le uniche due automobili che passano non si curano di me, né della renna stesa a terra ai bordi della strada, dov'era finita.

Penso di caricarmi la renna in qualche modo e tornare nella cittadina che avevo lasciato da poco, ma non conosco la lingua e non potrei spiegare che non l'ho caricata sulla moto come trofeo di caccia. Riparto dopo aver controllato ancora che le ruote non abbiano subito danni. Nella via del ritorno la carena appesa, col vento si stacca completamente.

Riprendendo la marcia non posso fare a meno di pensare a un destino beffardo che organizza un incidente tra una renna, che se ne sta tranquillamente nelle sue terre, e un motociclista attempato che un giorno decide di andare a Capo Nord.

Ne incontro altre di renne che girano libere e attraversano la strada, in continuazione; in fondo loro sono le padrone di quella terra e io solo un ospite.

Nel frattempo ho attraversato quella parte di Finlandia che mi ha portato in Norvegia.

Passo per una strada in cui non si potrebbe passare per via di un cartello che indica che è interrotta, ma uno del posto mi dice di andare tranquillamente avanti. Costeggio laghetti ghiacciati in un paesaggio che mi ripaga dalla fatica del viaggio; arrivo al punto che era stato segnalato, la strada è davvero interrotta, c'è proprio un punto di due-tre metri in cui, non solo manca l'asfalto, ma manca pure il terreno sotto per una bella profondità. Fortunatamente era ancora in orario di lavoro e c'erano ancora gli operai. Mi si fanno davanti facendomi vedere che era impossibile continuare. Come fare? Dovevo tornare indietro per quei 200-300 km percorsi su quella strada, nei quali, peraltro, non avevo visto nessun distributore di benzina e io ero già preoccupato di rimanere senza? Non trovo altro da fare che cercare di intenerirli gesticolando e portando le mani ai capelli per simulare la mia disperazione. S'inteneriscono, mettono due tavole e, facendo molta attenzione a non cadere giù dalle tavole, passo.

Sono sicuro che poi commentarono con qualcosa tipo: "Italiensk", ne avevano tutte le ragioni.

Il problema della benzina, però, mi era rimasto, ed ero davvero preoccupato. Non avevo mai o quasi (non ricordo bene), incontrato polizia o vigili, o come si chiamino da quelle parti, prima ed ero contento così anche perché qualcuno mi aveva detto che in Norvegia la polizia stradale non va molto per il sottile. In quel punto la incontrai su un'auto, una coppia di poliziotti, lei al volante; venivano nel senso opposto a cui stavo andando io, alzai un braccio in un gesto che poteva significare sia un saluto che una richiesta d'informazioni. Mi fermai e dopo una cinquantina di metri, constatato dallo specchietto retrovisore che ero fermo, si fermarono anche loro.

Feci inversione sperando che in quel punto della strada non fosse così grave da farmi trascinare per le orecchie in qualche galera norvegese, mi avvicinai a loro che erano rimasti seduti in attesa, scesi dalla moto e dicendo la parola benzina in tutti i modi in cui l'avevo sentita pronunciare nella vita: benzin, gasolina, essence, fuel, e facendo anche il gesto di mettere la benzina nel serbatoio della moto, feci capire che avevo assolutamente bisogno di trovare un'area di servizio.

Mi rispose la poliziotta: «To kilometer», facendo anche il numero due con le dita. Reagii con entusiasmo saltellando a braccia tese e pugni chiusi: «Wow!». Sorrisero e tra sé e sé pensarono: "Italiensk". In effetti in quelle due occasioni – la strada interrotta prima, la richiesta d'informazioni alla polizia dopo – pensai che nonostante mi ritenga una persona dai modi compassati, la mia italianità, in Norvegia, appariva eccome.

Raggiunsi subito il distributore di benzina che non era un'aria attrezzata come quelle che mi ero abituato a frequentare in cui potevo entrare tranquillamente nelle toilette, ma solo un emporio commerciale con due pompe lì davanti – come potevano essercene anche in Calabria, per dire – quindi dovetti chiedere di andare alla toilette. Il titolare m'indicò dov'era, entrai, trovai il water in una stanzetta colma di scatoloni di merce. Era tanto che non la facevo così, senz'altro almeno da quando ero partito da casa, e forse era la prima volta che la facevo da quando ero partito, tirai più volte lo sciacquone, ma non trovai deodoranti in giro. Feci il pieno di benzina, pagai il tutto, me ne andai, sperai che anche lui non dovesse dirsi: "Italiensk".

Dopo 600 km dalla partenza per quella tappa feci l'ultimo pernottamento prima della meta.

Ripartenza l'indomani mattina.

Giovedì 27 maggio 2010

Sono in un altro pianeta: il Circolo Polare Artico. Penso che mi piacerebbe fermarmi a vivere in Norvegia. Dopo altri 200 km eccomi a Capo Nord. Sono arrivato!

Lo sguardo spazia sul mare nella direzione del polo, il freddo, neanche a dirlo, è polare. Ci siamo solo io, un turista francese e una coppia. Il francese è di Nizza e riusciamo a scambiare qualche parola, si offre di fotografarmi e io fotografo lui. Fotografia classica sotto il mappamondo, il simbolo di Capo Nord.

Sento di essere in un punto astronomico più che in punto geografico. Mentre Macinator mi aspetta discreto, pronto a riportarmi indietro, dopo avermi portato sul tetto d'Europa.

Mi ritempro nel caldo locale che ospita anche un museo, che visito, visto che all'entrata dell'area di Capo Nord ti fanno comunque pagare il biglietto.

Cerco di fissare per quanto è possibile tutto quello che ho intorno, qui a Capo Nord. Le foto mi aiuteranno in futuro a cercare di rivivere questa esperienza, e ne avrò di tempo per guardarle. Ma adesso devo rivolgere la moto verso il sud dell'Europa. Devo pensare alle altre migliaia di chilometri che devo ancora percorrere per tornare a casa.

E quindi ancora distributori di benzina e incontri con altri motoviaggiatori provenienti dai punti più disparati dell'Europa e ancora paesaggi di quiete che non abbandonerei mai più.

Altro pernottamento in Norvegia a circa 400 km da Capo Nord e, dalla mia finestra, il sole a mezzanotte.

Venerdì 28 maggio 2010

Si ripassa dalla Finlandia per ritornare in Svezia.

Nel tragitto un assaggio delle specialità del posto e una foto alla cuoca. Dopo 900 km verso l'interno della Svezia altro pernottamento in bungalow che scopro con riscaldamento guasto.

Sabato 29 maggio 2010
Il pensiero adesso è solo per la strada del rientro in Italia.

Col vento e la velocità nella via del ritorno si stacca la carena dalla moto. Rimangono dei contatti elettrici scoperti che mi preoccupano un po' visto che spesso piove.

Domenica 30 maggio 2010
Altra partenza dopo una tappa da 950 km e un pernottamento appena dopo Stoccolma.
Ultimo motel dopo Amburgo.

Lunedì 31 maggio 2010
Ultima tappa verso casa e verso un altro progetto di viaggio.

Note, pensieri e riflessioni finali sul viaggio

Li incontri per strada, spesso solitari sulle loro moto, intenti a controllare la strada e gli strumenti. Sembrano vestiti tutti uguali, di nero. E quando li vedi li saluti con un gesto o con un lampeggio, e ti salutano. E si sentono fratelli in avventura.

Condividono la strada, le strade, gli imprevisti, le soste all'addiaccio, i grandi alberghi, i ricoveri di fortuna.

Arrivano e ripartono, e nel frattempo progettano altri viaggi.

Sono i motoviaggiatori.

———

Durante il viaggio si ha a che fare con la gente di tante nazioni: Svizzera, Germania, Danimarca, Svezia, Finlandia, Norvegia. Non conoscendo le lingue di questi Paesi ci si arrangia come si può, e quando mi si chiedeva, sempre: «You speak english?» la mia risposta era: «I don't speak english very well, parlez-vous français? Italien? Turkish? Japanese?», la risata spontanea dei circostanti era generale, sempre. Un buon approccio con tutta la gente del mondo.

Dieci giorni interi a cavallo di Macinator. Siamo stati un tutt'uno tra il sole, la pioggia il vento e il gelo. Abbiamo passato anche due notti per strada, con temperature siberiane.

Tappe incredibili per lunghezza e fatica.

Circa 10.000 km in dieci giorni, comprese 24 ore di riposo in una bella cittadina della Svezia settentrionale. Ma lo rifarei, sempre con Macinator cavallo affidabilissimo.

E col satellitare, ottimo!

———

«Ma perché dieci giorni soli?».

«Perché questi viaggi se non li faccio in dieci giorni non li faccio più. Sono giorni rubati alle vacanze con mia moglie e anche soldi in meno per le nostre vacanze ufficiali».

«Ma la consideri una vacanza?».

«No! Ho pensato molto in viaggio come considerare queste spedizioni. Appunto, spedizioni, o anche ritiri spirituali, psico-spirituali, autofustigazioni, punizioni, avventure. Voglia di sfiancarmi, di sfinirmi. Voglia di arrivare in quel punto geografico, anzi, in quel punto astronomico, in questo caso. Capo Nord è sì un interessante punto geografico, ma è di più un interessante punto astronomico. Sono posti in cui ho sempre desiderato andare, ma non ho mai potuto farlo. Questo è l'unico modo».

«Per me una cosa come quella che hai fatto sarebbe solo un modo per togliermi dalle scatole, non starei a cercare tanti significati particolari».

«Ognuno è libero di interpretare le proprie azioni come meglio crede. Ognuno dà alla propria vita il significato che vuole».

«Ma mio cugino è stato a Capo Nord con la Vespa negli anni Sessanta».

«Mezzo secolo fa non so che strade ci fossero per arrivare fino là, non c'erano certo le strade che ci sono ora. Mi ricordo che la domenica per le gite fuoriporta c'erano auto ferme ai bordi delle strade col cofano aperto per fare raffreddare l'acqua del radiatore. In più non c'erano le carte di credito e gli sportelli del bancomat, e la Vespa non aveva certo una cilindrata affidabile per viaggi di questa portata. Per cui non posso che ammirare chiunque davvero sia andato lì con la Vespa negli anni Sessanta/Settanta e lo vorrei conoscere per complimentarmi di persona».

——

Ho sempre ammirato quei cavalieri che nei secoli passati attraversavano l'Europa in lungo e in largo sui loro cavalli, e spesso quei loro viaggi cambiavano il corso della storia.

I miei viaggi non cambieranno alcunché, ne sono perfettamente conscio, ma da vecchi si ritorna bambini...

Teletrasporto (versione beta)

… Come quando, da bambino, appunto, essendo andato a vivere per un certo periodo in Sicilia per motivi di lavoro di mio padre, la sera dal letto sognavo un immenso tubo che attraversava l'Italia, un immenso toboga che si incrociava con tanti altri. E io a scivolarci dentro su, su, fino ad arrivare a Genova dai miei nonni e i miei zii. Incrociando altri bambini che andavano dai loro nonni. Era, forse, la prima versione del teletrasporto. Un teletrasporto del '900.

V Capitolo

Epilogo

Doveva essere un excursus

Il racconto della storia di una vita, per quanto insignificante e inconcludente questa possa essere stata, non può finire in un momento preciso. La mia storia non finisce coi miei viaggi liberatori, né quello che ho raccontato è tutto.

Ci sono state, dopo e durante, altre cento storie: brutte, belle. Questo era nato per essere un breve excursus, s'è solo un po' allargato. Non titillatevi i ricordi, mai.

A volte ti sorprendono

A volte ti sorprendono. Sono certi ragazzi che hai conosciuto un giorno tra gli anni Cinquanta e gli anni Sessanta, la cui amicizia ti è rimasta per sempre, diventando in seguito amicizia delle relative famiglie e, ancor di più, trasformandosi in legame fraterno.

Sono anche certe persone che hai incontrato in seguito, nella vita di tutti i giorni e che ti hanno adottato per sempre.

Sono quella ragazza che ti ha trovato un giorno, disilluso, e ti ha fatto rivivere regalandoti una famiglia.

Loro non ti tradiscono mai

Sono gli animali che hai avuto la fortuna di avere come compagni di viaggio. A partire da Diana, quel cagnolino regalatomi a Vittoria da un amico di mio padre. Era appena nato. Lo portavo a dormire con me nel mio letto. Ma andava a rubare la verdura nel negozio di frutta e verdura a fianco a noi per portarcela orgoglioso. Faceva anche la pipì sulle scarpe dei clienti che venivano nel nostro negozio. I miei lo dettero via un giorno che io non c'ero, ne feci una malattia. Tipica reazione dei bambini. Un giorno mia madre mi portò a trovarlo. Era dentro uno scatolone in una stanza in fondo al bar di chi lo aveva adottato. Faceva la nanna, abbacchiato. Lo chiamai: «Diana!»; tirò su un sopracciglio e aprì un occhio, mi riconobbe subito e fece un salto che fu un volo, nel ricadere sul pavimento sbatté il mento ma non smise di guaire di gioia cercando di salirmi in braccio... Che dirvi ancora? Dovetti lasciarlo lì dov'era, ma mi fa ancora male.

Poi ebbi anche un canarino; chiudevamo le finestre per farlo uscire dalla gabbia e lui ci veniva sulla spalla per beccarci affettuosamente il naso. Un giorno la finestra forse era aperta, chissà; non lo vedemmo mai più.

Non volli più animali per decine d'anni, fino a quando non mi risposai con una donna amante dei gatti. Arrivò Pelù.

Dal mio diario – "Pelù non c'è più"

Era entrato in casa nostra nell'aprile del 1999. Eravamo andati a prenderlo in casa di una mia collega. Era nato da pochi giorni, appena ci vide si arrampicò con le sue zampette, appigliandosi con le unghie, sul grembo di mia moglie.

Era piccolino, rosso striato, un bel musetto. Da allora era stato sempre con noi diventando un membro della famiglia a tutti gli effetti.

Giocavamo, spesso mi ha rovinato le mani con le sue un-ghie, tant'è vero che a volte arrivavo in ufficio con le mani tut-te graffiate. Gli avevamo impedito solo di entrare in camera da letto per evitare che graffiasse anche quei mobili, mentre il divano e tutto il resto della casa erano il suo regno incontra-stato. A volte ci faceva gli agguati spuntando fuori da un an-golo in cui si era nascosto e dandoci un colpetto sul tallone per, secondo lui, farci perdere l'equilibrio come l'avrebbe perso un altro animale come lui. E io mi giravo di scatto e fa-cevo finta d'inseguirlo. E lui a scappare velocemente facendo slittare le sue zampette...

Dopo undici anni e mezzo, un giorno ci accorgemmo che non aveva più voglia di mangiare la sua pappa e nello stesso tempo dimagriva a vista d'occhio. Lo portammo subito dal ve-terinario che appena lo vide capì che non c'era molto da fare per lui. I risultati degli esami del sangue rivelarono che aveva una quantità di globuli bianchi esagerata: probabile intossi-cazione del fegato con relativa distruzione dell'organo. Anti-biotici e flebo a casa nostra per venti/venticinque giorni sotto il controllo del veterinario. Altre visite dal veterinario per controllare la situazione. Negli ultimi giorni non si reggeva più sulle zampe posteriori. Gli dovetti dare da mangiare forzatamente con una siringa.

Continuava a manifestare il suo affetto per noi e non ci sentimmo più di impedirgli di entrare nella nostra camera da letto. Lui ci si infilava e con le ultime forze, aiutandosi solo con le unghie delle zampette anteriori, si tirava su sul nostro letto e si piazzava in mezzo a noi, come un bambino. E noi lo accarezzavamo, come un bambino.

Alla fine cominciò ad avere qualche convulsione e nell'ultima fase non si riprese. Il veterinario ci disse che era inutile continuare a protrarre questa agonia, anche se lo facevamo per il suo bene. Ci guardammo negli occhi con mia moglie e prendemmo l'unica decisione possibile a quel punto, piuttosto che vederlo continuare a soffrire, vederlo trascinarsi solo con la ormai debole forza delle zampette anteriori, pelle ossa com'era ridotto... lo portammo per l'ultima volta dal veterinario. Solo sul marciapiede del veterinario, prima di entrare, si tirò un po' su e fece un debole miagolio, dopo tanti giorni che non miagolava più, e poi di nuovo giù.

Entrammo dal veterinario che, anche lui con la morte nel cuore, avendolo conosciuto durante questo mese, fece quello che doveva.

Poco dopo il nostro micio si trovò steso ormai senza vita, tra le nostre carezze e le nostre preghiere, e il nostro incancellabile affetto.

Adesso si è ritrovato con la sua mamma Luna e il suo fratellino.

Era il mio micio, si chiama Pelù.

L'anno seguente, dei conoscenti ci donarono uno dei micini appena nati dalla loro gatta, un ragdoll; lo chiamammo Pushok. Sono tre anni che vive con noi e come tutti i gatti è diventato il padrone di casa. Appena arrivato a casa piccolino era una vera peste, tutte le tende di casa erano la sua palestra per le scalate in vetta; ora è un po' più calmo, ma è sempre un birbante. A una certa ora della mattina viene nel mio studio, mi provoca con qualche marachella, scappa di corsa per farsi inseguire, finisce la corsa sul letto matrimoniale in attesa che io arrivi e lo sculacci affettuosamente e lo prenda in braccio. Non ancora soddisfatto deve fare un'altra marachella, infatti dopo un po' torno in camera dicendo: «Dov'è il mio micio?», lo trovo immancabilmente sotto le coperte del letto, man mano che mi avvicino imprecando per farmi sentire da lui, lui risponde con un suo "miao" rauco e aspetta la sculacciata da sotto la coperta.

Lo blocco, lo sculaccio e allora esce soddisfatto della sua bravata.

Ogni tanto parlo anche con le lucertoline che prendono il sole su qualche pietra nel mio orto.

A volte ritornano

Quei due bambini di Sori sono tornati nella mia vita, con altre sembianze. Furono amici da poco, vicini di casa prepotenti, malavitosi falliti, giovani professionisti che avevi voluto far lavorare e che ti hanno fatto credere di aver risolto tutto, esigendo parcelle cosmiche, per poi scoprire che ti avevano imbrogliato, improbabili fratelli che ti appaiono in un incubo.

Dio, se esiste, ha creato anche loro e ha dato anche a loro la facoltà del libero arbitrio. Quelli se ne fottono del Paradiso.

Per loro l'importante non è una poco probabile vita eterna, perché non possono concepire qualcosa che non sia fatto di materia, anzi, se ci credono, sperano d'andare diritti all'Inferno, dove ci sono le donne nude e scostumate, non coperte da casti veli come in Paradiso.

Loro anche nell'aldilà vivranno per quelle caramelle, succose, saporite, colorate, zuccherate, consistenti e soprattutto materiali che avevano ottenuto minacciando un bambino, ponendogli un pezzo di filo spinato sul capo, con la volontà inconscia di perpetrare, ancora, la malvagità umana.

Testamento con banjo

Non ha fatto male mai a chi non gliene ha mai fatto
Per chi invece ci ha provato, tutto quello che ha commesso
Tutto quanto e anche di più se l'è ritrovato addosso
Perché buono lo era stato ma non era neanche fesso

Non ha fatto male mai perché lui voleva bene
A tutto quanto il mondo e a ciò che gli appartiene
Però volere bene non significa accettare
Di subire e poi subire per poi farti ammazzare

Chi ha sfidato il suo sorriso per farlo soffrire
L'ha fatto soffrire
Ma si è guardato dentro sopraffatto dal dolore
D'aver visto riflesso un corpo senza cuore

Chi s'è specchiato nei suoi occhi ha visto nuda la sua anima
E si è guardato intorno sopraffatto dal panico
C'è chi si è fatto indietro dall'orrore
Di aver visto riflesso un corpo senza cuore

Quando lo andrete a trovare all'ultimo campo
Dovrete inginocchiarvi piegati dal vento
Quando lo andrete a trovare all'ultimo campo
Troverete il testamento

A fianco ad un chiodo corroso dal tempo
Vicino a ricordi di storie e leggende
Insieme alla musica strana di un banjo
Il fischio del vento sarà il testamento

Scripta manent, verba volant

INDICE

www.ingramcontent.com/pod-product-compliance
Lightning Source LLC
LaVergne TN
LVHW011010200726
843509LV00011B/1046